傅东华 选注　马卉彦 校订

王维诗

新编学生国学丛书

中国文史出版社

图书在版编目（CIP）数据

王维诗/傅东华选注；马卉彦校订.——北京：
中国文史出版社，2019.11

（新编学生国学丛书/缪天绶等主编）

ISBN 978-7-5205-1816-1

Ⅰ.①王… Ⅱ.①傅… ②马… Ⅲ.①唐诗－诗集
Ⅳ.①I222.742

中国版本图书馆CIP数据核字(2019)第278203号

责任编辑：金　硕

出版发行：**中国文史出版社**

社　　址：北京市海淀区西八里庄路69号院　　邮　　编：100142

电　　话：010-81136606　81136602　81136603　81136605（发行部）

传　　真：010-81136655

印　　厂：北京温林源印刷有限公司

经　　销：全国新华书店

开　　本：880mm×1230mm　　1/32

印　　张：5.25

字　　数：102千字

版　　次：2020年2月北京第1版

印　　次：2020年2月第1次印刷

定　　价：22.80元

总　序

冯天瑜

作为汉字古典词，"国学"本谓周朝设于王城及诸侯国都的贵族学校，以与地方性、基层性的"乡校""私学"相对应。隋唐以降实行科举制，朝廷设"国子监"，又称"国子学"，简称"国学"，有朝廷主持的国家学术之意。

时至近代，随着西学东渐的展开，与来自西洋的"西学"相比配，在汉字文化圈又有特指本国固有学术文化的"国学"一名出现。如江户幕府时期（1601—1867）的日本人，自18世纪起，把流行的学问归为三类：汉学（从中国传入）、兰学（从欧美传入，19世纪扩称洋学）、国学（从《古事记》《日本书纪》发展而来的日本固有学术）。19世纪末、20世纪初，中国留日学生与入日政治流亡者，以及活动于上海等地的学人，采借日本已经沿用百余年的"国学"一名，用指中国固有的学术文化。1902年梁启超（1873—1929）撰文，以"国学"与"外学"对应，强调二者的互动共济，梁氏曰："今日欲使外学之真精神普及于祖国，则当转输之任者，必遂于国学，然后能收其效。"（《论中国学术思想变迁之大势》）1905年国粹派在上海创办《国粹学报》，公示"发明国学，保存国粹"宗旨。这里的"国学"意为"国粹之学"。该刊发表章太炎（1869—1936）、刘师培（1884—1920）、陈去病（1874—1933）等人的经学、史学、诸子学、文字训诂方面文章，以资激励汉人的民族精神与文化自信。从此，中国人开始在"中国固有学术文化"意义上使用"国学"一词，为"国故之学"的简称。所谓"国故"，指中国传统的学术文化之故实，此前清人多有用例，如魏源（1794—1857）认为，学者不应迷恋词章，学问要从"讨朝章、讨国故始"（《圣武记》卷一一），这"讨国故"的学问，也就是后来所谓之国学。

经清末民初诸学者（章太炎、梁启超、罗振玉、王国维、刘师培、黄侃、陈寅恪等）阐发和研究，国学所涉领域大定为：小学、经学、史学、诸子、文学，约与现代人文学的文、史、哲相当而又加以综汇，突现了中国固有学术整体性特征，可与现代学校的分科教学相得益彰、彼此促进，故自 20 世纪初叶以来，"国学"在中国于起伏跌宕间运行百年，多以偏师出现，而时下又恰逢勃兴之际。

中国学术素有"文、史、哲不分家"的传统，中国学术的优势与缺陷皆与此传统相关。百年来的中国学校教育仿效近代西方学术体制，高度分科化，利弊互见。其利是促进分科之学的发展，其弊是强为分割知识。为克服破碎大道之弊，有人主张打通文、史、哲壁垒，于是便有综汇中国人文学的"国学"之创设，并编纂教材，进于学校教育、家庭教育、社会教育，其先导性教材结集，为20世纪20年代至30年代原商务印书馆由王云五策划并担任主编的《万有文库》之子系《学生国学文库》。所收均为四部重要著作。略举大凡：经部如诗、礼、春秋，史部如史、汉、五代，子部如庄、孟、荀、韩，并皆刊入；文辞则上溯汉、魏，下迄近代，诗歌则陶、谢、李、杜，均有单本，词则多采五代、两宋。丛书凡 60 册，已然囊括了"国学"之精粹。其鲜明之特色是选注者掺入了对原著的体味，经史诸书选辑各篇，以表见其书、其作家之思想精神、文学技术、历史脉络者为准。其无关宏旨者，概从删削、剔抉。选注者中不乏叶圣陶、茅盾、邹韬奋、傅东华这样的学界翘楚。他们对传统国学了然于胸，于选注自然是举重若轻，驾轻就熟。这样一份业经选注者消化、反刍的国学精神食粮自然更便于国学入门者吸收。

这样一套曾在 20 世纪初在传播传统文化、普及国学知识方面起到重要的作用的丛书即便今天来看也是历久弥新。中国文史出版社因应时势，邀约深谙国学之行家里手于原辑适当删减、合并、校勘，以 30 册 300 余万言，易名《新编学生国学丛书》呈献当今学子。诸书均分段落，作标点，繁难字加注音，以便省览。诸书原均有注释，古籍异释纷如，原已采其较长者，现做适当取舍、增删。诸书较为繁难、多音多义之字，均注现代汉语拼音，以便讽颂。诸书卷首，均有选注者序，述作者生平、本书概要、参考书举要等，凡所以示读者研究门径者，不厌其详，现一仍其旧。

这样一套入门的国学读物，读者苟能熟读而较之，冥默而求之，国学之精要自然神会。

是为序。

校订说明

丛书原名《学生国学文库》，为 20 世纪二三十年代商务印书馆王云五主编《万有文库》之子系，现易名《新编学生国学丛书》，奉献给广大国学爱好者。

原丛书共 60 种，考虑到难易程度、四部平衡、篇幅等因素，在广泛征求专家意见基础上，现删减为 34 种 30 册。

基本保留了原书的篇章结构。因应时势有极少量的删节。

原文部分，均选用通用、权威版本全文校核，参以校订者己见做了必要的校核和改订。为阅读的通顺、便利，未一一标注版本出处。

注释根据原文的结构分别采用段后注、文后注，以便读者省览。原注作了适当增删，基本上保持原文字风格，之乎者也等虚词适当剔除，增删力求通畅、易懂，避免枝蔓。典实、注引做了力所能及的查证，但因才学的有限疏漏可能在所难免。

原书为繁体竖排，现转简体横排。简化按通行规则，但考虑到作为国学读物，普及小学知识亦在情理之中，故而保留了少量通假字、繁体字、异体字，一般都出注说明。或许亦可增加读者的阅读兴趣和扩大知识面。

生僻、多音字作相应注音，原反切、同音、魏妥玛注音，均统一改现代汉语拼音。

国学读物校订，工作浩繁，往往顾此失彼，多有不当处，还望读者指正。

绪　言

　　王维，字摩诘，太原祁人①，生于唐中宗大足元年（即长安元年，公元701年）②，卒于肃宗上元二年（公元761年）③。父处廉，终汾州司马④，徙家于蒲（今山西永济），遂为河东人。

　　维九岁知属辞，与弟缙俱有才名。今集中所存少作尚有数首，如《题友人云母障子》，十五岁作；《洛阳女儿行》，十六岁作；《九月九日忆山东兄弟》，十七岁作；《桃源行》《李陵咏》，并十九岁作。可见他的天才是成熟得很早的。

　　年十九，赴京兆试，举解头⑤。二十一，以进士擢第，调太乐丞，坐累为济州司仓参军⑥，有《被出济州》诗云："微官易得罪，谪去济川阴。"但不知他因何事得罪。

　　开元二十二年，张九龄为中书令，擢维为右拾遗⑦。越三年（开元二十五年），为监察御史，在河西节度幕中⑧，居凉州。其《凉州郊外游望》《凉州赛神》《使至塞上》等篇，皆此时所作。

　　天宝元年，为左补阙⑨，迁库部郎中，居母丧，在长安。服除之后，拜吏部郎中。安禄山反，两京相继陷落，元宗出奔蜀。时维为给事中，扈从不及，为贼所执，禁于菩提寺中⑩，服药取痢，伪称瘖疾。禄山宴其徒于凝碧池上，"大陈御库珍宝，罗列于前后。乐既作，梨园旧人不觉歔欷相对泣下。"维闻之，悲甚，作诗讽示友人裴迪，即所谓《凝碧诗》者是也。

贼平后，诏陷贼官以三等定罪。维以《凝碧诗》闻于行在，又值弟缙已为刑部侍郎，愿削己官以赎兄罪。乃得特宥，责授太子中允⑪。乾元中，迁太子中庶子、中书舍人，复拜给事中，转尚书右丞，就是他最后的官职了。

他在这最后数年里面，得宋之问的蓝田别墅居之，颇享受些田园的乐趣，著名的《辋川集》二十首及其他田园诗，便都是此时的产物。

关于王维的生平，我们所得而知的不过如此。此外还有三件事，我们不能不晓得，因为这是和他的诗很有关系的。

第一，他和他的兄弟王缙都是文名早著的，当时称为"朝廷左相笔，天下右丞诗"，可见时人推重之甚。又知"开元、天宝间，昆仲宦游两都，凡诸王、驸马、豪右、贵势之门，无不拂席迎之"⑫。如是，他的一生，除安禄山乱中稍受委屈之外，过的都是顺境，没有经过很大的波澜，所以他的诗中只有冲淡清婉的理趣，而无郁勃牢骚或愤激悲愁的情绪。这是境遇的关系。

第二，我们晓得他生平"奉佛，居常蔬食不茹荤血"⑬，而"晚年弥加进道，端坐虚室，念兹无生"⑭。这样奉佛的结果，不仅是诗中常见释典中语⑮，对于他的思想也确实不无影响。他的《与魏居士书》云：

> 圣人知身不足有也，故曰"欲洁其身而乱大伦"；
> 知名无所着也，故曰"欲使如来名声普闻"。故离身而
> 返屈其身，知名空而返不避其名也。古之高者曰许由，
> 挂瓢于树，风吹瓢，恶而去之；闻尧让，临水而洗其
> 耳。耳非驻声之地，声无染耳之迹，恶外者垢内，病物
> 者自我，此尚不能至于旷士，岂入道者之门欤？

这样的见解，绝对不是中国所固有的；而他因有这种见
解，所以造成他的"无可无不可"主义，主张"以不动为出
世"，而视"存亡去就如九牛一毛"⑯。这虽不是纯粹的释
教精神，却不能不说是由释教出发的。他因抱着这种"无可
无不可"主义所以能够"心与广川闲"⑰，而他的诗，也就
一味闲静，断绝人间烟火气了。这又是性情和学力的关系。

第三，我们晓得他是以诗人而兼画家的。画家的艺术和
诗人的艺术当然极有关系。因为画家的本领，无非在能捉住
自然的美，既具有这种本领，那就无论用什么媒介——水
墨、彩色或文字——都是一样的。王维是个天才的画家，尤
工山水：他的画名不在诗名之下。他以画的本领用在诗里，
所以能与自然的美相契合，而令人读他的诗如入画境一般。
例如"行到水穷处，坐看云起时"⑱"渡头余落日，墟里上
孤烟"⑲"江流天地外，山色有无中"⑳一类的句子，都不
是不得画中三昧者写得出来的。那末最后，我们又不能不承
认天才的关系了。

大凡名家的诗，必都有一种特征，所以自别。这种特征就是诗的生命，没有它，诗必不能成名。陶渊明的诗，生命在"韵"；李白的诗，生命在"气象"；王维的诗，生命在"味"。"味"与"气象"固然不同，即与"韵"亦有分别。例如，"黄河之水天上来，奔流到海不复回"㉑"西风残照，汉家陵阙"㉒，这气象，很容易看得出来的；"采菊东篱下，悠然见南山"㉓"既耕亦已种，时还读我书"㉔，这是韵；"草色全经细雨湿，花枝欲动春风寒"㉕"山下孤烟远村，天边独树高原"㉖，这是味。两者的区别，在前者是一种平淡的叙述，好处只在含有一种令人愉快的韵致；后者则耐人寻索，读者愈能体会则趣味愈长。

王维诗中并不寓什么深奥的哲理，也不含什么浓烈的感情，它的好处只在一种清淡而深长的趣味。即如他所作的乐府，虽都是摹拟的作品，但也具有这种特色。例如《从军行》中有"日暮沙漠陲，战声烟尘里"两句，便觉意趣幽远，与众不同了。

读者果能拿住这个"味"字去读王维的诗，当不至走入迷路。

----

①唐时太原府祁州，即今山西祁县地。　②与李白同年生。
③刘昫《旧唐书》本传谓卒于乾元二年七月，宋祁《新唐书》本传则谓上元初卒，年六十一。今按集中有《谢弟缙新授左散骑常

侍状》其尾所署年月，乃上元二年五月四日，则知《旧唐书》有误，兹从《新唐书》之说而推数生年为大足元年。　④见欧阳修《新唐书·宰相世系表》。　⑤解头，即解元，京兆试第一之称。　⑥《旧唐书》云："开元九年，进士擢第。"《新唐书》云："开元初擢进士，调太乐丞，坐累为济州司仓参军。"按历代官制，太乐署置太乐丞，掌乐律之事，唐因之。又唐官制：州曰司仓参军，司仓曹之官也。　⑦《新唐书》云："张九龄执政，擢右拾遗。"按唐时中书令即宰相之职；拾遗，则谏官也。⑧见《为崔常侍祭牙门姜将军文》。　⑨左右补阙，唐官名，掌供奉讽谏。　⑩按集中有《菩提寺禁》诗。《长安志》谓在长安平康坊南门之东；而《旧唐书》本传则谓"禄山素怜之，遣人迎置洛阳，拘于普施寺"。是不相符，兹以诗为正。　⑪太子中允，掌侍从礼仪，驳正启奏。　⑫《旧唐书》本传。⑬《旧唐书》本传。　⑭王缙《进王右丞集表》。　⑮例如《胡居士卧病遗米因赠》，《与胡居士皆病寄此诗兼示学人二首》，都充满着释典语。　⑯俱见《与魏居士书》。　⑰《登何北城楼作》。　⑱《终南别业》。　⑲《辋川闲居》。⑳《汉江临泛》。　㉑李白的《将进酒》。　㉒李白的《忆秦娥》。　㉓陶渊明的《饮酒诗》。　㉔陶渊明的《读山海经》。　㉕王维的《酌酒与裴迪》。　㉖王维的《田园乐》。

目　录

从军行①

吹角动行人，喧喧行人起②。

笳悲马嘶乱，争渡金河水③。

日暮沙漠陲，战声烟尘里④。

尽系名王颈，归来献天子⑤。

----

①从军行，乐府名，为军旅辛苦之辞。　②角：军中乐器，其作用略相当今之军号。行人：出征之人。　③笳（jiā）：中国古代一种吹奏乐器，似笛。汉时流行于西域一带少数民族中，故通称"胡笳"。金河：又名金川，汉时属云中郡，今名大黑河，流经内蒙古中部，在托克托县注入黄河。　④陲：边也。　⑤《汉书·贾谊传》："行臣之计，请必系单于之颈而制其命。"又《宣帝纪》："匈奴单于遣名王奉献。"颜师古注："名王者，谓有大名以别于诸小王也。"

陇西行①

十里一走马，五里一扬鞭②。

都护军书至，匈奴围酒泉③。

关山正飞雪，烽戍断无烟④。

----

①陇西行：乐府古题名之一。陇西：郡名，战国时秦昭襄王置，后为天下三十六郡之一。郡治狄道（今甘肃临洮），三国魏移至今甘肃陇西。　②古时于道旁封土为堠（hòu），以记里程。五里置一堠，十里置双堠。故有"五里""十里"之语。又古时城外大道旁，五里设短亭，十里设长亭，为行人休憩及送行饯别之所。庾信《哀江南赋》："十里五里，长亭短亭。"李白《菩萨蛮》词："何处是归程，长亭更短亭。"此二句言军情紧急。　③都护：统辖边远之官。汉置西域都护，唐置六大都护府。酒泉：汉郡，故城在今甘肃酒泉市。《汉书·武帝纪》："征和三年（前90），匈奴入五原、酒泉，杀两都尉。"　④烽戍：烽火台和守边营垒。古代边疆告警，以烽燧为号，白天举烟为"烽"，夜晚举火为"燧"。戍，一本作"火"。

早春行

紫梅发初遍，黄鸟歌犹涩①。

谁家折杨女，弄春如不及②？

爱水看妆坐，羞人映花立。

香畏风吹散，衣愁露沾湿。

玉闺青门里，日落香车入③。

游衍益相思，含啼向彩帷④。

忆君长入梦，归晚更生疑。

不及红檐燕，双栖绿草时。

---

① 黄鸟：黄莺。涩：指声音不流利。 ② 弄春：游赏春景。如不及：迫不及待。 ③ 长安城东出南头第一门曰霸城门，门色青，曰青城门，或曰青门。（见《三辅黄图》） ④ 游衍：游乐。

和使君五郎西楼望远思归①

高楼望所思，目极情未毕②。

枕上见千里，窗中窥万室。

悠悠长路人，暧暧远郊日③。

惆怅极浦外，迢递孤烟出④。

能赋属上才，思归同下秩⑤。

故乡不可见，云水空如一。

---

① 使君：谓州郡长官。此指济州刺史。 ② 《楚辞·招魂》："目极千里兮伤春心！" ③ 暧暧（ài）：昏昧不明，迷蒙隐约。 ④ 极浦：遥远的水边。极，远；浦，水涯也。

《楚辞·九歌·湘君》："望涔阳兮极浦。"迢递：高远貌。

⑤能赋：《汉书·艺文志》："登高能赋，可以为大夫。"上才：谓使君。下秩：下等职位，作者自指。

酬黎居士淅川作①

侬家真个去，公定随侬否②？
着处是莲花，无心变杨柳③。
松龛藏药裹，石唇安茶臼④。
气味当共知，那能不携手⑤？

----

①原注：昙壁上人院走笔成。淅川：古县名。故址在今河南省淅川境内。　②吴人称我曰"侬"。个：等于"价"，犹云这般或那般。去：辞官出家。　③着，即"在"。着处：所在之处。莲花：此指净土。无心：佛语，即不起妄心。杨柳：指杨柳观音。《法华经·观世音菩萨普门品》谓观音有三十三身，"杨柳观音"为其中之一。　④药裹：即药包。唇：边缘。石唇：即石崖边缘。茶臼：制茶用的石臼。此二句描述出家者制药制茶生活。　⑤气味：兴味，情调。

4

奉寄韦太守陟①

荒城自萧索，万里山河空。

天高秋日迥，嘹唳闻归鸿②。

寒塘映衰草，高馆落疏桐③。

临此岁方晏，顾景咏《悲翁》④。

故人不可见，寂寞平林东⑤。

----

①按：据《旧唐书》韦陟本传，陟尝历任襄阳、钟离、义阳、河东、吴郡、绛州等郡太守，作者寄此诗时，不知为何郡太守。②迥：远。嘹唳：雁声。③疏桐：梧桐树间因为枝桠稀疏而落下斑驳的影子。④岁方晏：岁末。唐白居易《观刈麦》云："吏禄三百石，岁晏有余粮。"景：即"影"。悲翁：乐府名。《宋书·乐志》，汉鼓吹铙歌十八曲，二曰《思悲翁曲》。⑤平林：宋蜀本作"平陵"。地名，在襄阳西，这里指韦陟任职之地。

春夜竹亭赠钱少府归蓝田①

夜静群动息，时闻隔林犬②。

却忆山中时，人家涧西远③。

羡君明发去，采蕨轻轩冕④。

----

① 钱少府：中唐诗人钱起，字仲文，吴兴人。曾官蓝田县
尉。少府：即县尉。钱起有答诗《酬王维春夜竹亭赠别》，载
《全唐诗》卷二三六。蓝田：在今陕西省。　②群动：各种动
物。陶渊明《饮酒》其七："日入群动息。"　③山中：王维
曾隐于蓝田县辋川山谷，故云。　④明发：黎明。采蕨：指隐
居。蕨：多年生草本植物，野生，俗称蕨菜，嫩叶可食。轩冕：
官车和官帽。古制，大夫以上乘轩服冕，故以轩冕指官位爵禄，
又用为贵显者之代称。

戏赠张五弟諲三首①

吾弟东山时，心尚一何远②。

日高犹自卧，钟动始能饭③。

领上发未梳，床头书不卷。

清川与悠悠，空林对偃蹇④。

青苔石上净，细草松下软。

窗外鸟声闲，阶前虎心善⑤。

徒然万虑多，澹尔太虚缅⑥。

一知与物平，自顾为人浅⑦。

对君忽自得，浮念不烦遣⑧。

----

①张諲（yīn）：永嘉人，生卒年不详。《唐才子传》卷二载，张諲曾隐居少室山下，闭门读书，不问世事。后应举官至刑部员外郎。工诗，善草隶，兼画山水。与李颀友善，事王维为兄，皆为诗酒丹青之契。天宝中，谢官归故里以终。諲诗格高古，有集传世。　②东山：又名谢安山，在今浙江上虞境内，东晋名士谢安曾隐居于此。后因以东山泛指隐居之地。心尚：心所崇尚。　③钟：斋钟，即佛寺报斋时之钟声。　④偃蹇（yǎn jiǎn）：犹安卧。　⑤虎心善：指连虎也与人相亲，不复食人。　⑥澹尔：恬静无为貌。太虚：幽深玄奥之理。《庄子·知北游》："是以不过乎昆仑，不游乎太虚。"缅：远。⑦与物平：与物齐一。《庄子·齐物论》："天地与我并生，而万物与我为一。"　⑧浮念：虚妄之念。

张弟五车书，读书仍隐居①。

染翰过草圣，赋诗轻《子虚》②。

闭门二室下，隐居十年余③。

宛是野人野，时从渔父渔。

秋风日萧索，五柳高且疏④。

望此去人世，渡水向吾庐。

岁晏同携手，只应君与予⑤。

---

①五车书：形容读书多，学识渊博。《庄子·天下》："惠施多方，其书五车。"　②染翰：以笔蘸墨，挥毫作字。草圣：后汉张芝、盛唐张旭皆有草圣之称。子虚：汉司马相如有《子虚赋》。　③二室：中岳嵩山之太室山和少室山。④五柳：晋陶潜尝作《五柳先生传》以自况，曰："先生不知何许人，亦不详其姓字，宅边有五柳树，因以为号焉。"　⑤晏：迟，晚。

设置守毚兔，垂钓伺游鳞①。

此是安口腹，非关慕隐沦②。

吾生好清静，蔬食去情尘③。

今子方豪荡，思为鼎食人④。

我家南山下，动息自遗身⑤。

入鸟不相乱，见兽皆相亲⑥。

云霞成伴侣，虚白侍衣巾⑦。

何事须夫子，邀予谷口真⑧。

---

①罝（jū）：捕兔之网，亦泛指捕鸟兽之网。毚（chán）兔：狡兔，大兔。南朝宋鲍照《拟古八首》其一："伐木清江湄，设置守毚兔。"游鳞：游鱼。　②隐沦：隐逸也。　③情尘：情识之尘垢，即世俗欲念。　④鼎食：列鼎而食，形容富贵奢侈之生活。　⑤动息：犹言出处、进退。遗身：忘身，忘己。⑥《庄子·山木》："入兽不乱群，入鸟不乱行，鸟兽不恶，而

8

况人乎？"此句即用其意。 ⑦虚白：日光也。《庄子·人间世》"虚室生白"，注："白者，日光所照也。" ⑧谷口真：即谷口郑子真。《高士传》："郑朴，字子真，谷口人也。修道静默，世服其清高……名振京师，号谷口郑子真。"谷口：古地名，在今陕西礼泉境内。

至滑州隔河望黎阳忆丁三寓①

隔河见桑柘，蔼蔼黎阳川②。
望望行渐远，孤峰没云烟。
故人不可见，河水复悠然。
赖有政声远，时闻行路传。

----

①滑州：唐州名，州治在今河南滑县境内。黎阳：唐县名，县治在今河南浚县境内。丁三寓：不详。 ②蔼蔼：树木茂盛貌。晋陶潜《和郭主簿》之一："蔼蔼堂前林，中夏贮清阴。"

秋夜独坐怀内弟崔兴宗①

夜静群动息，蟪蛄声悠悠②。

9

庭槐北风响，日夕方高秋③。

思子整羽翮，及时当云浮④。

吾生将白首，岁晏思沧洲⑤。

高足在旦暮，肯为南亩俦⑥。

----

①内弟：《仪礼·丧服》"舅之子"，郑注："内兄弟也。"崔兴宗：唐诗人，王维舅舅之子。　②蟪蛄（huì gū）：蝉的一种，体较小。　③高秋：秋高气爽之时。　④翮（hé）：鸟的翅膀。云浮：飞翔于空中。此二句以鸟整翼待飞，比喻兴宗即将出仕。　⑤岁晏：人之晚年。晏：迟，晚。沧洲：谓隐者所居之地。陆云《泰伯碑》："沧洲遁迹，箕山辞位。"　⑥高足：逸足，指快马。《古诗十九首·今日良宴会》："何不策高足，先据要路津。"肯：岂。俦（chóu）：伴侣。

赠裴十迪①

风景日夕佳，与君赋新诗②。

澹然望远空，如意方支颐③。

春风动百草，兰蕙生我篱④。

暖暖日暖闺，田家来致词⑤：

欣欣春还皋，澹澹水生陂⑥。

桃李虽未开，黄荑满其枝⑦。
请君理还策，敢告将农时⑧。

----

①裴十迪：即裴迪（716—?），因排行十，故称。唐诗人，河东（今山西）人。官蜀州刺史及尚书省郎。早年与王维过从甚密，故其诗多为与王维唱和应酬之作。 ②日夕：近黄昏之时。陶渊明《饮酒二十首》其五："山气日夕佳，飞鸟相与还。" ③澹然：安静，自适貌。如意：器物名。用竹、骨、铜、玉等制作，柄端作心字或灵芝形，可为搔背痒之具。魏晋名士每每手执如意清谈，和尚念经亦时持如意。颐：面颊，腮。④兰蕙：皆香草名。 ⑤暖暖（ài）：温暖貌。闱：内室。⑥欣欣：草木茂盛貌。皋：水边之地。澹澹：水波动荡貌。陂（bēi）：池塘。 ⑦荑（tí）：草木之嫩芽。萼：花苞。⑧还策：犹言还归。理还策，即准备归来之意。《南史·褚伯玉传》："望其还策之日，暂纡清尘。"

蓝田山石门精舍①

落日山水好，漾舟信归风②。
玩奇不觉远，因以缘源穷③。
遥爱云木秀，初疑路不同。
安知清流转，偶与前山通。

11

舍舟理轻策，果然惬所适④。

老僧四五人，逍遥荫松柏⑤。

朝梵林未曙，夜禅山更寂⑥。

道心及牧童，世事问樵客⑦。

暝宿长林下，焚香卧瑶席⑧。

涧芳袭人衣，山月映石壁。

再寻畏迷误，明发更登历⑨。

笑谢桃源人，花红复来觌⑩。

----

①蓝田山：又名玉山，在今陕西蓝田一带。石门精舍：蓝田山佛寺名。　②漾舟：泛舟。信：听任。　③因以：因而。缘：寻。　④舍舟：上岸。策：杖。惬所适：对所到之地感到满意。适：往。　⑤荫松柏：谓有松柏遮盖其上。《楚辞·九歌·山鬼》："山中人兮芳杜若，饮石泉兮荫松柏。"　⑥朝梵：和尚早晨诵经。夜禅：夜晚坐禅。　⑦道心：借道家语指菩提心。菩提乃梵文音译，意谓觉悟佛理。及：影响。此句意谓佛寺与世隔绝，欲知世事，只有向樵夫打听。　⑧暝：夜晚。瑶席：形容席子光润如玉。　⑨明发：黎明。登历：登临游历。　⑩觌（dí）：看，见。

青　溪

言入黄花川，每逐青溪水①。
随山将万转，趣途无百里②。
声喧乱石中，色静深松里。
漾漾泛菱荇，澄澄映葭苇③。
我心素已闲，清川澹如此④。
请留盘石上，垂钓将已矣⑤!

----

①言：助词，无义。黄花川：水名。在今陕西凤县，唐时黄
花县以此得名。　　②趣途：走过的路程。趣：趋。　　③漾
漾：水摇动貌。荇（xìng）：荇菜，多年生水草，夏天开花，色
黄。澄澄：水清澈貌。葭（jiā）苇：芦苇。　　④澹：恬静。
⑤盘石：磐石，大石。

崔濮阳兄季重前山兴①

秋色有佳兴，况君池上闲②。
悠悠西林下，自识门前山③。

千里横黛色，数峰出云间④。

嵯峨对秦国，合沓藏荆关⑤。

残雨斜日照，夕岚飞鸟还⑥。

故人今尚尔，叹息此颓颜⑦。

----

①诗题下原注："山西去，亦对维门。"濮（pú）阳：即唐濮州，天宝元年（742）改为濮阳郡，治所在今山东鄄城北。一说即今河南濮阳。崔季重：唐清河郡人，曾官濮阳太守。前山：即诗中之"门前山"。兴：兴致，情趣。　②闲：安闲，闲散。　③悠悠：闲适自得貌。　④黛色：青黑的山色。⑤嵯峨：山峰高峻貌。秦国：指秦都咸阳一带。合沓（tà）：山峰重叠貌。《文选》王褒《洞箫赋》："薄索合沓。"李善注："合沓，重沓也。"荆关：柴门。　⑥岚：山间雾气。⑦此二句意谓，故人（指崔季重）之心丝毫未变，只为彼此衰老的容颜而叹息。

李处士山居①

君子盈天阶，小人甘自免②。

方随炼金客，林上家绝巘③。

背岭花未开，入云树深浅。

清昼犹自眠，山鸟时一啭。

---

①李处士：不详。李：一作"石"。处士：古称有德才而隐居不仕之人。　②天阶：登天之阶，引申指天子左右官署。自免：自免于朝官之列。　③炼金客：道士。绝巘（yǎn）：陡峭之山峰。《诗·大雅·公刘》："陟则在巘，复降在原。"

丁寓田家有赠①

君心尚栖隐，久欲傍归路②。

在朝每为言，解印果成趣③。

晨鸡鸣邻里，群动从所务。

农夫行饷田，闺妇起缝素④。

开轩御衣服，散帙理章句⑤。

时吟招隐诗，或制闲居赋⑥。

新晴望郊郭，日映桑榆暮⑦。

阴尽小苑城，微明渭川树⑧。

揆予宅闾井，幽赏何由屡⑨？

道存终不忘，迹异难相遇⑩。

此时惜离别，再来芳菲度。

---

①丁寓：不详。　②栖隐：归隐。傍：近也。谢灵运诗："从来渐二纪，始得傍归路。"　③解印：解下印绶，辞免官职。

《汉书·薛宣传》："游（谢游）得檄，亦解印绶去。"成趣，陶潜《归去来兮辞》："园日涉以成趣。" ④饷田：往田间送饭食。 ⑤散帙：谓开书帙也。谢灵运诗："散帙问所知。"章句：古书的章节句读。 ⑥晋左思有《招隐诗》。晋潘岳作《闲居赋》。 ⑦桑榆，《初学记》："日西垂，景在树端，谓之桑榆"。注："言其光在桑榆树上。" ⑧小苑城：长安城外曲江之芙蓉园。渭川：渭水，流过长安城北。 ⑨揆：度也。屈原《离骚》："皇览揆予于初度兮。"宅间井：指居于城中。 ⑩迹异：指二人一为官，一归隐，形迹相异。

渭川田家

斜光照墟落，穷巷牛羊归①。
野老念牧童，倚杖候荆扉②。
雉雊麦苗秀，蚕眠桑叶稀③。
田夫荷锄至，相见语依依。
即此羡闲逸，怅然吟《式微》④。

----

①墟落：村庄。 ②野老：村野老人。 ③雉雊（zhì gòu）：野鸡鸣叫。蚕眠：蚕蜕皮时，不食不动，犹如睡眠一般。 ④式微：《诗经》篇名，其中有"式微，式微，胡不归"之句，表归隐之意。

春中田园作①

屋上春鸠鸣，村边杏花白②。
持斧伐远扬，荷锄觇泉脉③。
归燕识故巢，旧人看新历④。
临觞忽不御，惆怅远行客⑤。

----

①春中：春季之中，即农历二月。　②鸠：鸟名，斑鸠、
雉鸠等鸠鸽科部分种类之统称。　③远扬：向上长的长枝条。
《诗·豳风·七月》："蚕月条桑，取彼斧斨（qiāng），以伐远
扬，猗彼女桑。"觇（chān）：察看。泉脉：地下泉水。谢朓
《赋平民田》："察壤见泉脉，觇星视农正。"　④看新历：为
知节气，以便耕种。　⑤觞：酒器。御：进用，指喝酒。

过李揖宅①

闲门秋草色，终日无车马。
客来深巷中，犬吠寒林下。
散发时未簪，道书行尚把②。

与我同心人，乐道安贫者③。

一罢宜城酌，还归洛阳社④。

----

①李揖：唐人，曾官延安太守。　　②散发：谓发不整束。
簪：发簪。此作动词。行尚把：出迎时手中尚握道书。　　③乐
道安贫：《后汉书·韦彪传》："安贫乐道，恬于进趣。"
④《太平寰宇记》："襄州宜城县出美酒，俗号宜城美酒为竹叶
杯。"宜城：今县级市，属湖北。洛阳社：晋董京与陇西计吏俱
至洛阳，被发而行，逍遥吟咏，常宿白社中。后称退隐者所居为
洛阳社。

饭覆釜山僧①

晚知清净理，日与人群疏②。

将候远山僧，先期扫敝庐③。

果从云峰里，顾我蓬蒿居④。

藉草饭松屑，焚香看道书⑤。

燃灯昼欲尽，鸣磬夜方初⑥。

一悟寂为乐，此生闲有余⑦。

思归何必深，身世犹空虚。

----

①覆釜山：山名。或谓山名覆釜者，不止一处。右丞所指，

疑在长安，未详所在。　　②清净理：佛家清净之理。　　③敝庐：自家宅屋之谦称。《礼记·檀弓下》："君之臣免于罪，则有先人之敝庐在，君无所辱命。"陶潜《移居》诗之一："敝庐何必广，取足蔽床席。"　　④蓬蒿居：长满蓬蒿之居处。⑤藉草：坐卧柴草之上。松屑：松子，松实。　　⑥磬：佛教法器，铜体钵形，作法事念诵时鸣之。　　⑦一悟寂：一旦了悟寂灭、涅槃之理。

送綦毋校书弃官还江东①

明时久不达，弃置与君同②。

天命无怨色，人生有素风③。

念君拂衣去，四海将安穷④。

秋天万里净，日暮澄江空。

清夜何悠悠，扣舷明月中⑤。

和光鱼鸟际，澹尔蒹葭丛⑥。

无庸客昭世，衰鬓白如蓬⑦。

顽疏暗人事，僻陋远天聪⑧。

微物纵可采，其谁为至公⑨？

余亦从此去，归耕为老农。

- -

①綦毋（qí wú）校书：即綦毋潜，盛唐诗人，字孝通，虔

州（今江西赣州）人。开元十四年（726）登进士第，尝官校书郎。天宝时迁右拾遗，终著作郎。事见《元和姓纂》卷二、《新唐书·艺文志》等。校书：官名，即秘书省校书郎。还江东：疑指还故乡虔州。古或以"江东"指三国吴之统治地区，唐虔州即在古江东区域内。　②明时：政治清明时代。弃置：不被信用。　③素风：纯朴之风。　④安穷：安于穷困。　⑤扣舷（xián）：手击船舷。多用为歌吟之节拍。　⑥和光：谓与尘俗相合而不自立异。《老子》第四章："和其光，同其尘，是谓玄同。"蒹葭（jiān jiā）：芦荻，芦苇。　⑦无庸：无所为。《诗·王风·兔爰》："我生之初，尚无庸。"客昭世：寄居于明世。鲍照《拟青青陵上柏》："浮生旅昭世，空事叹华年。"如蓬：头发散乱如蓬草。　⑧顽疏：愚钝粗疏。暗人事：不明世俗之事。僻陋：偏执鄙陋。远天聪：远离天子之听闻，不为天子所闻知。　⑨此二句意谓，微贱之物纵然可取，又有谁能秉公采择呢？

奉送六舅归陆浑①

伯舅吏淮泗，卓鲁方喟然②。
悠哉自不竞，退耕东皋田。
条桑腊月下，种杏春风前③。
酌醴赋《归去》，共知陶令贤④。

送　别

下马饮君酒，问君何所之①？
君言不得意，归卧南山陲②。
但去莫复问，白云无尽时。

①饮（yìn）君酒：劝君饮酒。饮为使动用法。何所之：去哪里。 ②归卧：隐居。南山：即终南山。陲：边。

齐州送祖三①

相逢方一笑，相送还成泣。

祖帐已伤离，荒城复愁入②。

天寒远山净，日暮长河急③。

解缆君已遥，望君犹伫立④。

----

①一作《淇上送赵仙舟》，或《河上送赵仙舟》。齐州：唐州名，故治在今山东历城。祖三：唐代著名诗人，亦为王维诗友。　②祖帐：为出行者饯行所设帐幕。荒城：指齐州。
③长河：指济水，齐州在济水南。　④伫立：久立。

送綦毋潜落第还乡①

圣代无隐者，英灵尽来归②。

遂令东山客，不得顾采薇③。

既至君门远，孰云吾道非④？

江淮度寒食，京洛缝春衣⑤。

置酒临长道，同心与我违⑥。

行当浮桂棹，未几拂荆扉⑦。

远树带行客，孤城当落晖。

吾谋适不用，勿谓知音稀。

----

①綦毋潜：见《送綦毋校书弃官还江东》注。　②英灵：杰出人才。　③东山客：指隐士。东晋谢安曾隐居东山，后因

22

以东山泛指隐者所居之地。采薇：周武王灭商后，伯夷、叔齐耻食周粟，隐于首阳山，采薇而食，后饿死。事见《史记·伯夷列传》。　④君门：王宫之门。吾道非：《史记·孔子世家》载，孔子被困于陈、蔡之间，谓绪弟子曰："吾道非耶？吾何为于此？"　⑤寒食：旧以清明前一日或二日为寒食节，届时前后三日不得举火。京洛：洛阳。　⑥同心：此指知己。违：离。⑦浮桂棹：指归途中乘舟。棹：船桨，亦指船。拂荆扉：掸去陋室之尘垢，以便居住。

观 别 者

青青杨柳陌，陌上别离人。
爱子游燕赵，高堂有老亲①。
不行无可养，行去百忧新。
切切委兄弟，依依向四邻。
都门帐饮毕，从此谢宾亲②。
挥泪逐前侣，含凄动征轮。
车从望不见，时时起行尘③。
余亦辞家久，看之泪满巾。

----

①燕赵：皆战国七雄之一。燕辖境在今河北北部、辽宁西部一带，赵辖境在今河北西南及山西中、北部一带。　②都门：

指东都的城门。帐饮：古时出行，送者在路旁设帐置酒饯别。
谢：辞。　　③从：随行之人。

别弟缙后登青龙寺望蓝田山①

陌上新别离，苍茫四郊晦。

登高不见君，故山复云外。

远树蔽行人，长天隐秋塞。

心悲宦游子，何处飞征盖②？

----

①青龙寺在长安南门之东。（见《长安志》）　　②征盖：
远行之车。盖：车盖，此代指车。

新晴野望

新晴原野旷，极目无氛垢①。

郭门临渡头，村树连溪口②。

白水明田外，碧峰出山后。

农月无闲人，倾家事南亩③。

晦日游大理韦卿城南别业四首①

与世澹无事，自然江海人②。
侧闻尘外游，解辔轲朱轮③。
平野照暄景，上天垂春云④。
张组竟北阜，泛舟过东邻⑤。
故乡信高会，牢醴及佳辰⑥。
幸同击壤乐，心荷尧为君⑦。

①大理韦卿：疑为韦虚心，唐人，曾官大理卿，掌刑法。事见《旧唐书》。　　②江海人：浪迹四方，放情江海之人，亦指隐士。　　③辔：驾车马也。轲（ní）：车刹。　　④暄景：温暖之日光。　　⑤张组：张车帷也。　　⑥信：诚。高会：盛大宴会。牢：牛、羊、豕三牲全备之称。醴：甜酒。佳辰：一作"家臣"。　　⑦击壤：古代一种投掷游戏，相传帝尧时已流行。《高士传》："帝尧之世，天下太和，百姓无事。壤父年八十余，而击壤于道中。观者曰：'大哉，帝之德也！'"后因以"击壤"为颂太平盛世之典故。荷：承受恩惠。

郊居杜陵下，永日同携手①。
人里霭川阳，平原见峰首②。
园庐鸣春鸠，林薄媚新柳。
上卿始登席，故老前为寿③。
临当游南陂，约略执杯酒。
归轪绌微官，惆怅心自咎④。

----

①杜陵：地名，在今西安市东南。　②人里：一作"仁里"。霭：一作"蔼"，树木繁盛貌。川阳：杜陵在樊川以北，故称。　③上卿：周制天子及诸侯皆有卿，其最尊贵者谓"上卿"。此借指韦氏。故老：年高有德之人。　④绌：罢黜。一作"继"。

冬中余雪在，墟上春流驶①。
风日畅怀抱，山川多秀气②。
雕胡先晨炊，庖脍亦后至③。
高情浪海岳，浮生寄天地。
君子外簪缨，埃尘良不啻④。
所乐衡门中，陶然忘其贵⑤。

----

①驶：指水流迅急。　②多秀气：一作"好天气"。　③雕胡：菰米也。庖脍：泛指肉食。　④簪缨：古代官吏冠饰，比喻显贵。不啻（chì）：不异于。　⑤衡门者，横木为

26

门，言浅陋也。

> 高馆临澄陂，旷然荡心目。
> 澹荡动云天，玲珑映墟曲①。
> 鹊巢结空林，雉雊响幽谷。
> 应接无闲暇，徘徊以踯躅。
> 纡组上春堤，侧弁倚乔木②。
> 弦望忽已晦，后期洲应绿③。

----

①玲珑：形容水清澈透明。墟曲：村野。　②纡（yū）组：系佩官印，身居官位。侧弁（biàn）：歪戴皮帽。《诗·小雅·宾之初筵》："侧弁之俄，屡舞傞傞。"郑玄笺："侧，倾也。"汉荀悦《申鉴·杂言上》："侧弁垢颜，不鉴于明镜也。"　③弦：月半；望：月满；晦：月尽也。

冬日游览

> 步出城东门，试骋千里目①。
> 青山横苍林，赤日团平陆②。
> 渭北走邯郸，关东出函谷③。
> 秦地万方会，来朝九州牧④。
> 鸡鸣咸阳中，冠盖相追逐⑤。

丞相过列侯，群公饯光禄⑥。

相如方老病，独归茂陵宿⑦。

----

①骋千里目：纵目远望。骋（chěng）：放开，展开。
②团：圆。平陆：平坦之陆地。　　③邯郸：秦郡，今属河北。
此句谓渭水之北可趋赴邯郸。关东：函谷关以东地区。函谷旧关
在今河南灵宝东北。此句谓至关东需出函谷。　　④秦地：指长
安一带。九州牧：泛指诸州长官。　　⑤咸阳：秦都。此借指唐
都长安。冠盖：官员服饰与车乘，借指官员。　　⑥过：拜访。
光禄：即光禄卿，掌酒醴、膳馐之事。　　⑦《史记·司马相如
列传》："相如既病免，家居茂陵。"按：茂陵，汉县，故城在
今陕西兴平市东北。

自大散以往深林密竹蹬道
盘曲四五十里至黄牛岭见黄花川①

危径几万转，数里将三休②。

回环见徒侣，隐映隔林丘③。

飒飒松上雨，潺潺石中流。

静言深溪里，长啸高山头。

望见南山阳，白日霭悠悠④。

青皋丽已净，绿树郁如浮⑤。

曾是厌蒙密，旷然消人忧⑥。

----

①大散：古关名，又称散关。在今陕西宝鸡西南大散岭上，为秦蜀往来之要道。蹬（dēng）道：有踏级之道路。黄牛岭：大散关附近山岭名。黄花川：水名，在今陕西凤县东北。按大散关、黄牛岭、黄花川，皆自秦入蜀所经之地。　②三休：多次休息。汉贾谊《新书·退让》："翟王使使至楚，楚王欲夸之，故飨客于章华之台上。上者三休而乃至其上。"后因以"三休"为登高之典。　③徒侣：谓从行之人。　④南山：即终南山。霭：云气。悠悠：安闲貌。　⑤皋：水边之地。郁：林木聚积貌。⑥蒙密：草木茂密貌。庾信《小园赋》："拨蒙密兮见窗，行欹斜兮得路。"

早入荥阳界①

泛舟入荥泽，兹邑乃雄藩②。
河曲闾阎隘，川中烟火繁③。
因人见风俗，入境闻方言。
秋野田畴盛，朝光市井喧④。
渔商波上客，鸡犬岸旁村。
前路白云外，孤帆安可论⑤！

名，故址在今河南荥阳东北。赵殿成注："荥泽在唐时已成平
陆，岂能泛舟？盖谓泛舟大河（黄河），以入荥阳之界耳。荥
阳、荥泽，地本相连，取古文之名，以为今地之称，诗家盖多有
之。"兹邑：指荥阳。雄藩：重要城镇。 ③河：黄河。曲：
曲折。间阎：里巷门户，泛指乡村街巷。隘：狭窄。 ④田畴
（chóu）：田地。 ⑤此二句意谓前路渺远，孤身独往，此中
情味，安可谈说！

宿 郑 州①

朝与周人辞，暮投郑人宿②。

他乡绝俦侣，孤客亲童仆③。

宛洛望不见，秋霖晦平陆④。

田父草际归，村童雨中牧。

主人东皋上，时稼绕茅屋⑤。

虫思机杼鸣，雀喧禾黍熟⑥。

明当渡京水，昨晚犹金谷⑦。

此去欲何言，穷边徇微禄⑧。

①郑州：唐州名，辖境在今河南荥阳、郑州、中牟、新郑及

原阳一带，治所在今郑州市。 ②周人：洛阳一带人。洛阳自平王以后为周朝都城。郑人：郑州一带人。郑州春秋时为郑国之地。 ③俦（chóu）侣：伴侣。 ④宛洛：宛即汉南阳郡治所宛县（今南阳市）；洛即洛阳。宛洛均为东汉时最繁华都市，古诗文中每并称。此实指洛。秋霖：连绵之秋雨。晦：暗。 ⑤东皋：泛指田野。潘岳《秋兴赋》："耕东皋之沃壤兮，输黍稷之余税。" ⑥虫：指蟋蟀。秋初而生，遇寒而鸣，促妇人织布备冬衣也，故曰"促织"。机杼（zhù）：织布机。 ⑦京水：水名。源出荥阳，东北流入济水。金谷：本涧名，在今河南洛阳西，晋石崇构园于此，世谓之金谷园。 ⑧此句意谓因曲从卑微之禄位而去往穷僻边远之地。徇：从，曲从。

渡河到清河作①

泛舟大河里，积水穷天涯②。
天波忽开拆，郡邑千万家③。
行复见城市，宛然有桑麻④。
回瞻旧乡国，淼漫连云霞⑤。

----

①河：黄河。清河：唐贝州治所清河县，在今河北清河西。 ②积水：谓黄河水聚积众水，浩渺无际。 ③此二句意谓河上水天开豁处，忽现人烟稠密之郡城。拆：裂，开。 ④城市：

指清河。宛然：隐约貌。　　⑤淼（miǎo）漫：水盛貌。

苦　热

赤日满天地，火云成山岳①。

草木尽焦卷，川泽皆竭涸。

轻纨觉衣重，密树苦阴薄。

莞簟不可近，绨绤再三濯②。

思出宇宙外，旷然在寥廓。

长风万里来，江海荡烦浊③。

却顾身为患，始知心未觉④。

忽入甘露门，宛然清凉乐⑤。

----

①火云：夏日炙热之红云。　　②莞簟：以莞草茎编成之簟也。绨（chī）：细葛布。绤（xì）：粗葛布。　　③烦浊：烦躁、纷乱之情绪。　　④却顾：回顾。觉：觉悟，得道。　　⑤甘露门：通向涅槃之门户。《法华经》："普智天人尊，哀愍群萌类。能开甘露门，广度于一切。"

纳　凉

乔木万余株，清流贯其中。
前临大川口，豁达来长风①。
涟漪涵白沙，素鲔如游空②。
偃卧盘石上，翻涛沃微躬③。
漱流复濯足，前对钓鱼翁④。
贪饵凡几许，徒思莲叶东⑤。

----

①豁达：开阔通达貌。　②涟漪：水面细小波纹。鲔
（wěi）：鱼名，口在颌下，长鼻软骨。　③偃卧：仰卧。沃：
浇，淋湿。微躬：自身之谦称。　④漱流：以流水漱口，形容
隐居生活。《世说新语·排调》："孙子荆年少时欲隐，语王武
子当枕石漱流，误曰：'漱石枕流。'王曰：'流可枕，石可漱
乎？'孙曰：'所以枕流，欲洗其耳；所以漱石，欲砺其齿。'
"濯足：本谓洗去脚污。后比喻清除世尘，保持高洁。《楚辞·
渔父》："沧浪之水清兮，可以濯我缨；沧浪之水浊兮，可以
濯我足。"　⑤莲叶东，古乐府《江南》："江南可采莲，莲
叶何田田！鱼戏莲叶间。鱼戏莲叶东，鱼戏莲叶西，鱼戏莲叶
南，鱼戏莲叶北。"

偶然作六首

楚国有狂夫，茫然无心想①。
散发不冠带，行歌南陌上。
孔丘与之言，仁义莫能奖②。
未尝肯问天，何事须击壤③。
复笑采薇人，胡为乃长往④？

----

①狂夫：指陆通。通字接舆，楚人也。好养性，躬耕以为
食。楚昭王时，通见楚政无常，乃佯狂不仕，故时人谓之楚狂。
孔子适楚，楚狂接舆游其门，曰："凤兮凤兮！何如德之衰
也！"……孔子下车，欲与之言，趋而避之，不得与之言。（见
《高士传》）　②奖：勉励。　③屈原放逐，彷徨山泽。见
楚有先王之庙及公卿祠堂，图画天地山川神灵。琦玮僪佹，及古
圣贤怪物行事。因书其壁，呵而问之，作《天问》。（见《楚辞
·天问》篇序）击壤：参见《晦日游大理韦卿城南别业四首》其
一注⑦。　④采薇人：参见《送綦毋潜落第还乡》注③。

田舍有老翁，垂白衡门里①。
有时农事闲，斗酒呼邻里。
喧聒茅檐下，或坐或复起②。

34

短褐不为薄，园葵固足美③。

动则长子孙，不曾向城市④。

五帝与三王，古来称君子⑤。

干戈将揖让，毕竟何者是⑥?

得意苟为乐，野田安足鄙?

且当放怀去，行行没余齿⑦。

----

①垂白：白发下垂。衡门：横木为门，指简陋之住处。《诗·陈风·衡门》："衡门之下，可以栖迟。"　②喧聒（guō）：喧扰，声音嘈杂。　③短褐：粗布衣服。不为薄：不以为鄙陋。此句意本陶渊明《止酒》："好味止园葵，大欢止稚子。"葵：菜蔬名。　④动：每每，往往。长：养育。　⑤五帝：说法不一，《史记·五帝本纪》以黄帝、颛顼、帝喾、唐尧、虞舜为五帝。三王：说法不一，多以夏商周三代开国之君为三王，即夏禹、商汤、周文王或周武王。　⑥将：与。揖让：以位让贤。⑦行行（háng háng）：刚强貌。没余齿：度完余年。

日夕见太行，沉吟未能去①。

问君何以然，世网婴我故②。

小妹日成长，兄弟未有娶。

家贫禄既薄，储蓄非有素。

几回欲奋飞，踟蹰复相顾③。

孙登长啸台，松竹有遗处④。

35

相去讵几许，故人在中路⑤。
爱染日已薄，禅寂日已固⑥。
忽乎吾将行，宁俟岁云暮⑦？

---

①日夕：近黄昏时。太行：山名，起自河南济源，北入山西境东北走，复入河南省，经辉县、林县，入河北境。为晋、冀等省之天然界山。沉吟：犹豫不决。　②世网：尘世之网。婴：缠绕。陆机《赴洛道中作二首》："借问子何之？世网婴我身。"　③此二句意谓自己几次想弃世隐居，却又顾及家人，心中犹豫。奋飞：鸟振翼而飞。踟蹰：犹豫。　④孙登：字公和，汲郡共县（今河南辉县）人，魏晋之际著名隐士。《晋书》有传。长啸：撮口发出长而清越之声音。旧传登善长啸，其声"若鸾凤之音，响乎岩谷"，（《晋书·阮籍传》）曾隐于苏门山（今辉县西北），山上有长啸台。　⑤讵：岂。此句谓王维为官之地距长啸台不远。中路：去隐居地之途中。　⑥爱染：佛家语，爱谓贪爱、爱欲，染谓染污。佛教谓其皆能扰乱众生之身心，使不得解脱。《智度论》卷一："自法爱染故，毁訾他人法。"禅寂：佛家语，禅谓静虑，寂即寂静。指宁静专注思虑义理，驱除诸种世俗妄念。《维摩经·方便品》："一心禅寂，摄诸乱意。"　⑦此句意谓自己很快将弃官归隐。语本《楚辞·九章·涉江》："怀信佗傺，忽乎吾将行兮。"宁俟（sì）：何待。云：助词。

陶潜任天真，其性颇耽酒。

36

自从弃官来，家贫不能有①。
九月九日时，菊花空满手②。
中心窃自思，倘有人送否？
白衣携壶觞，果来遗老叟。
且喜得斟酌，安问升与斗？
奋衣野田中，今日嗟无负③。
兀傲迷东西，蓑笠不能守④。
倾倒强行行，酣歌归五柳⑤。
生事不曾问，肯愧家中妇⑥？

----

①《宋书·陶潜传》："（潜）性嗜酒，家贫不能恒得，亲旧知其如此，或置酒招之，造饮辄尽，期在必醉。"弃官事见《送六舅归陆浑》诗注。　②陶潜《九日闲居》诗序云："余闲居爱重九之名，秋菊盈园，而持醪靡由，空服其华，寄怀于言。"　③奋衣：挥动衣袖。负：一作"有"。陶渊明《饮酒》其二十："若复不快饮，空负头上巾。"　④兀傲：酒后意气自得之貌。陶渊明《饮酒》其十三："规规一何愚，兀傲差若颖。"　⑤五柳：指陶渊明住处。《五柳先生传》："先生不知何许人也，亦不详其姓字，宅边有五柳树，因以为号焉。"⑥生事：谋生之事。

赵女弹箜篌，复能邯郸舞①。
夫婿轻薄儿，斗鸡事齐主②。

黄金买歌笑，用钱不复数。

许史相经过，高门盈四牡③。

客舍有儒生，昂藏出邹鲁④。

读书三十年，腰下无尺组⑤。

被服圣人教，一生自穷苦⑥。

----

①赵女：赵俗女子多习歌舞，其地女乐、歌舞闻名于世。箜
篌（kōng hóu）：古弦乐器，形似瑟而小，七弦。　　②斗鸡，
《庄子·达生》："纪渻子为王养斗鸡。"陆德明《释文》谓
"王"即"齐王"。按，玄宗好斗鸡，唐时斗鸡之风甚盛，颇有
以斗鸡而得宠者，此句即借用旧典以讽刺时事。　　③许史：汉
宣帝时外戚许氏、史氏。《汉书·盖宽饶传》："上无许史之
属。"颜师古注："应劭曰：许伯，宣帝皇后父；史高，宣帝外
家也。"四牡：套有四匹雄马之车子。　　④昂藏：气度轩昂。
邹鲁：皆古国名，在今山东。孔子为鲁人，孟子为邹人，邹鲁之
地深受儒家影响，多有习儒业者。《史记·货殖列传》："邹鲁
滨洙泗，犹有周公遗风，俗好儒，备于礼。"　　⑤组：彩色丝
带，此指绶带。古时官员以绶带系官印结于腰间，印则垂之腰
下。尺：官印垂下之长度。　　⑥被服：比喻亲身蒙受，犹如被
服覆盖身体。圣人：孔子。

老来懒赋诗，惟有老相随。

宿世谬词客，前身应画师①。

不能舍余习，偶被世人知。

名字本皆是，此心还不知。

----

①画师：王维善画破墨山水，晚年隐居辋川时作有《辋川图》，绘画史上影响极大。

西施咏①

艳色天下重，西施宁久微②？

朝为越溪女，暮作吴宫妃。

贱日岂殊众，贵来方悟稀。

邀人傅脂粉，不自着罗衣。

君宠益娇态，君怜无是非。

当时浣纱伴，莫得同车归③。

持谢邻家子，效颦安可希④。

----

①西施：春秋时越国美女。《吴越春秋》卷九载，越王勾践为吴王夫差所败，退守会稽，知夫差好色，欲献美女以乱其政，"乃使相者国中，得苧萝山鬻薪之女，曰西施、郑旦"，因献于吴王，吴王大悦。　②宁：岂。微：卑贱。　③浣（huàn）纱：相传西施贫贱时，常在江边浣纱。浙江诸暨南有苧萝山，下临浣江，江上有浣纱石，旧传为西施浣纱处。　④持谢：奉

告。效颦，《庄子·天运》："西施病心而颦（皱眉头）其里，其里之丑人，见而美之，归亦捧心而颦其里。其里之富人见之，坚闭门而不出；贫人见之，挈妻子而去之走。"

李陵咏①

汉家李将军，三代将门子。
结发有奇策，少年成壮士②。
长驱塞上儿，深入单于垒③。
旌旗列相向，箫鼓悲何已！
日暮沙漠陲，战声烟尘里。
将令骄虏灭，岂独名王侍④？
既失大军援，遂婴穿庐耻⑤。
少小蒙汉恩，何堪坐思此⑥！
深衷欲有报，投躯未能死⑦。
引领望子卿，非君谁相理⑧？

----

①诗题下原注："时年十九"。李陵：字少卿，西汉名将李广之孙。善骑射，汉武帝以为有李广之风，拜为骑都尉。天汉二年（前99），陵"将其步卒五千人，出居延，北行三十日，至浚稽山"，与单于相遇。单于以骑兵八万围击李陵军，陵且战且走，杀伤匈奴万余人。后矢尽道穷，遂降匈奴。事见《史记·李

广传》《汉书·李广苏建传》。　②结发：犹言束发，指初成年。　③单（chán）于：匈奴称其君长为单于。　④名王：匈奴中有大名之王。《汉书·宣帝纪》颜师古注："名王者，谓有大名以别诸小王也。"　⑤婴：遭遇。穹庐：毡制大型圆顶帐篷。《汉书·匈奴传》："匈奴父子同穹庐卧。"　⑥坐：忽然，立刻。此：指"穹庐耻"。《汉书·苏武传》载陵谓苏武曰："陵始降时，忽忽如狂，自痛负汉。"　⑦《汉书·李陵传》载陵降匈奴后，武帝大怒，以问太史令司马迁，迁曰："彼（指陵）之不死，宜欲得当以报汉也。"又《苏武传》载陵谓武曰："陵虽驽怯，令汉且贳陵罪，全其老母，使得奋大辱之积志，庶几乎曹柯之盟，此陵宿昔之所不忘也！"投躯：献身。⑧引领：伸颈远望。子卿：苏武之字。理：申辩。

冬夜书怀

冬宵寒且永，夜漏宫中发①。
草白霭繁霜，木衰澄清月②。
丽服映颓颜，朱灯照华发。
汉家方尚少，顾影惭朝谒③。

----

①永：长。夜漏：漏壶，古滴水计时器。　②霭（ǎi）：霜雾迷茫貌。木衰：树木叶落。澄：清朗貌。　③尚少：汉代

颜驷"鬓眉皓白"尚为郎，武帝问其故，答曰："臣姓颜名驷，以文帝时为郎，文帝好文，而臣好武；景帝好老，而臣尚少；陛下好少，而臣已老。是以三世不遇也。"上感其言，擢为会稽都尉。事见《后汉书·张衡传》注引《汉武故事》。惭朝谒（yè）：谓自己已老，愧于继续为官。朝谒：上朝谒见天子。

献始兴公①

宁栖野树林，宁饮涧水流。
不用坐粱肉，崎岖见王侯②。
鄙哉匹夫节，布褐将白头③。
任智诚则短，守仁固其优④。
侧闻大君子，安问党与仇⑤。
所不卖公器，动为苍生谋⑥。
贱子跪自陈，可为帐下不⑦？
感激有公议，曲私非所求！

----

①诗题下原注："时拜右拾遗。"始兴公：即开元贤相张九龄，字子寿，韶州曲江（今广东韶关）人。官至同中书门下平章事加中书令，进封始兴县子。右拾遗：官名，属中书省，掌供奉讽谏。　②此二句意谓，用不着为了得到富贵而惴惴不安地去干谒王侯。坐：犹"致"。鲍照《观圃人艺植》："居无逸身

42

伎，安得坐粱肉。"粱肉：美食佳肴。崎岖：不安貌。　③匹夫节：平民之节操。布褐：粗布衣服，平民所服。　④此二句意谓，若论取用才智，确是我之所短；而保持仁德，则为我之长处。　⑤侧闻：谦词，有所耳闻。大君子：指张九龄。党与仇：同党与仇人。晋刘琨《重赠卢谌》："重耳任五贤，小白相射钩。苟能隆二伯，安问党与仇？"　⑥公器：公有之物，此指官爵。《旧唐书·张九龄传》载，九龄曰："官爵者，天下之公器，德望为先，劳旧次焉。"　⑦贱子：作者自谦之称。帐下：属下。不：通"否"。

哭殷遥①

人生能几何，毕竟归无形②。
念君等为死，万事伤人情③。
慈母未及葬，一女才十龄。
泱漭寒郊外，萧条闻哭声④。
浮云为苍茫，飞鸟不能鸣。
行人何寂寞，白日自凄清。
忆昔君在时，问我学无生⑤。
劝君苦不早，令君无所成。
故人各有赠，又不及生平。
负尔非一途，痛哭返柴荆。

①殷遥：丹阳人，或云句容人，天宝间终于忠王府仓曹参军。（见《唐诗纪事》）　　②曹操《短歌行》："对酒当歌，人生几何？"　　③等为死：犹言同样是死。　　④泱漭（mǎng）：广大貌。　　⑤学无生：指学佛。

叹 白 发

我年一何长，鬓发日已白。
俯仰天地间，能为几时客①？
惆怅故山云，徘徊空日夕②。
何事与时人，东城复南陌③。

①《古诗十九首·青青陵上柏》："人生天地间，忽如远行客。"　　②故山：疑指蓝天山居。　　③此二句意谓，何必要与世人一样，奔走于东城南陌，而不弃官归隐呢？

夷门歌①

七雄雄雌犹未分，攻城杀将何纷纷②。

秦兵益围邯郸急，魏王不救平原君③。

公子为嬴停驷马，执辔愈恭意愈下④。

亥为屠肆鼓刀人，嬴乃夷门抱关者⑤。

非但慷慨献奇谋，意气兼将身命酬。

向风刎颈送公子，七十老翁何所求⑥！

----

①夷门：战国时魏都大梁之东门。故址在今河南开封。

②七雄：战国时七个主要诸侯国齐、楚、秦、燕、赵、魏、韩，合称"七雄"。　③"秦兵"二句：秦军在长平之战大破赵军，又乘胜包围邯郸。赵国写信向魏国求救。魏王畏惧秦国，不敢出兵相救。信陵君屡次劝谏魏王，魏王均不听。邯郸：战国时期赵国都城，今属河北。平原君：战国时赵国宗室大臣，赵武灵王之子，赵惠文王之弟，封于东武（今山东武城），号平原君。战国四公子之一。　④公子：指信陵君，魏王之弟公子无忌，战国四公子之一。嬴：侯嬴，魏国隐士，当时为夷门守门官。辔（pèi）：缰绳。　⑤亥：朱亥。屠肆：屠宰市场。鼓刀：宰杀牲畜。鼓：敲击。抱关者：守门人。　⑥《晋书·段灼传》："七十老公，复何所求哉！"此借作侯生口气。

45

新秦郡松树歌①

青青山上松，数里不见今更逢。

不见君，心相忆，此心向君君应识②。

为君颜色高且闲，亭亭迥出浮云间③。

----

①新秦郡：天宝元年（742）所置郡名。治所在今陕西神木北。　②君：指松树。识：知。　③颜色：容色，容貌。亭亭：耸立貌。迥：远。

青 雀 歌①

青雀翅羽短，未能远食玉山禾②。

犹胜黄雀争上下，唧唧空仓复若何！

----

①青雀：鸟名，又叫桑扈，窃脂。《淮南子·说林训》："桑扈不啄粟。"汉高诱注："桑扈，青雀，一名窃脂。"赵殿成笺注："青雀，《尔雅·释鸟》：'桑扈，窃脂。'郭璞注：'俗谓之青雀。'"　②鲍照《代空城雀》诗："诚不及青

46

鸟，远食玉山禾。"按《山海经》：玉山，西王母所居。

陇头吟[1]

长安少年游侠客，夜上戍楼看太白[2]。
陇头明月迥临关，陇上行人夜吹笛[3]。
关西老将不胜愁，驻马听之双泪流[4]。
身经大小百余战，麾下偏裨万户侯[5]。
苏武才为典属国，节旄空尽海西头[6]。

----

[1]陇头吟：乐府古题之一。陇头：即陇山，在今陕西陇县至甘肃平凉一带。　[2]戍楼：此指陇关关楼。太白：即金星。《汉书·天文志》："太白，兵象也。"古人以太白主兵象，测知战争之吉凶、胜负。看太白：意谓少年关心边境战事，希望为国出力。　[3]迥：远。关：陇关。《后汉书·顺帝纪》唐李贤注："陇关，陇山之关也，今名大震关。"故址在今甘肃清水。[4]关西：谓函谷关以西之地。《后汉书·虞诩传》："谚曰：关西出将，关东出相。"　[5]偏裨（pí）：偏将，副将。万户侯：汉置二十等爵，最高一等名通侯，又称列侯。列侯大者食邑万户，称万户侯。　[6]《汉书·苏武传》载，汉武帝时，苏武出使匈奴，被扣留，单于多方胁降，武皆不从，匈奴乃徙武北海上无人处，使牧羊。武既至海上，"杖汉节牧羊，卧起操持，节

47

旄尽落"。武在匈奴十九年，归汉后，"拜为典属国"。《汉书·百官公卿表》："典属国，秦官，掌蛮夷降者。"空尽：徒然落尽。海：指北海，今贝加尔湖。节旄（máo）：古代使臣所持符节，以竹为杆，上缀以旄牛尾，故又称旄节。

桃　源　行①

渔舟逐水爱山春，两岸桃花夹去津。

坐看红树不知远，行尽青溪不见人②。

山口潜行始隈隩，山开旷望旋平陆。

遥看一处攒云树，近入千家散花竹③。

樵客初传汉姓名，居人未改秦衣服④。

居人共住武陵源，还从物外起田园⑤。

月明松下房栊静，日出云中鸡犬喧⑥。

惊闻俗客争来集，竞引还家问都邑⑦。

平明闾巷扫花开，薄暮渔樵乘水入。

初因避地去人间，及至成仙遂不还。

峡里谁知有人事，世中遥望空云山⑧。

不疑灵境难闻见，尘心未尽思乡县⑨。

出洞无论隔山水，辞家终拟长游衍⑩。

自谓经过旧不迷，安知峰壑今来变。

当时只记入山深，青溪几度到云林。

春来遍是桃花水，不辨仙源何处寻⑪。

----

①诗题下原注："时年十九。"桃源：陶渊明《桃花源记》所写桃花源。　②"渔舟"四句，《桃花源记》："晋太元中，武陵人捕鱼为业，缘溪行，忘路之远近。忽逢桃花林，夹岸数百步，中无杂树，芳草鲜美，落英缤纷。渔人甚异之，复前行，欲穷其林。林尽水源，便得一山。"逐：随。津：溪流。红树：桃花林。　③"山口"四句，《桃花源记》："山有小口，仿佛若有光，便舍船从口入。初极狭，才通人；复行数十步，豁然开朗。土地平旷，屋舍俨然，有良田、美池、桑竹之属。"隈（wēi）隩（ào，一说读 yù）：曲折幽深之山坳河岸。旋：立刻。攒（cuán）：聚。　④"樵客"二句，《桃花源记》："自云先世避秦时乱，率妻子邑人，来此绝境，不复出焉，遂与外人间隔。"后附诗曰："俎豆犹古法，衣裳无新制。"樵客：指桃源中人。此处汉、秦为互文，谓桃源中人仍使用秦汉时姓名，所穿衣服亦秦汉时式样。　⑤武陵：郡名，治所在今湖南常德西。物外：世外。　⑥房栊（lóng）：窗户。借指房舍。鸡犬喧，《桃花源记》："阡陌交通，鸡犬相闻。"　⑦"惊闻"二句，《桃花源记》："见渔人，乃大惊。问所从来，具答之。便要还家，为设酒杀鸡作食。村中闻有此人，咸来问讯……余人各复延至其家，皆出酒食。"俗客：指武陵渔人。　⑧"峡里"二句，谓桃源中不知有人世之事，而世间遥望桃源，只见云山，不知其中别有仙境。峡里：桃源中。　⑨"不疑"二句，谓武陵渔人并不怀疑仙境难逢，但俗虑未尽，又思故乡。灵境：

仙境。　⑩游衍：游乐。　⑪桃花水：即桃花汛。

洛阳女儿行①

洛阳女儿对门居，才可颜容十五余②。
良人玉勒乘骢马，侍女金盘脍鲤鱼③。
画阁朱楼尽相望，红桃绿柳垂檐向。
罗帷送上七香车，宝扇迎归九华帐④。
狂夫富贵在青春，意气骄奢剧季伦⑤。
自怜碧玉亲教舞，不惜珊瑚持与人⑥。
春窗曙灭九微火，九微片片飞花琐⑦。
戏罢曾无理曲时，妆成只是薰香坐⑧。
城中相识尽繁华，日夜经过赵李家⑨。
谁怜越女颜如玉，贫贱江头自浣纱⑩。

- -

①诗题下原注："时年十八。"一作"十六"。　②梁武
帝萧衍《河中之水歌》："河中之水向东流，洛阳女儿名莫愁。
莫愁十三能织绮，十四采桑南陌头。"又《东飞伯劳歌》："谁
家女儿对门居，开颜发艳照里间。"可：大约。　③良人：丈
夫。玉勒：饰以美玉的带嚼子笼头。骢（cōng）：青白色马。汉
辛延年《羽林郎》："就我求珍肴，金盘脍鲤鱼。"　脍
（kuài）：切细之肉丝。　④七香车：用多种香料涂饰之华贵

车子。宝扇：古时贵人出行用为仪仗，以雉羽制成。九华帐：华丽之帐子。　　⑤狂夫：洛阳女儿对丈夫之谦称，亦有放荡不羁之意。剧：甚于。季伦：晋石崇之字。石崇为荆州刺史，劫夺杀人，以致巨富，与贵戚王恺、羊琇之徒，以奢靡相尚。王恺与石崇斗富，晋武帝助王恺，赐他一株世上罕见高二尺多的珊瑚树。恺以其夸示于崇，崇即时以铁如意击之，应手而碎。王恺正待发作，石崇说："不足恨，今还卿。"于是令人搬来六七株高三四尺的珊瑚树。王恺见了，惘然自失。事见《世说新语·汰侈》《晋书·石崇传》。　　⑥碧玉：梁元帝《采莲曲》："碧玉小家女，来嫁汝南王。"此借指"洛阳女儿"。　　⑦此二句意谓通宵欢娱，到天亮才灭灯；灯灭以后，灯花片片飞到窗上。九微：灯名。《博物志》载，汉武帝好仙道，在九华殿设九微灯以待西王母降临。花琐：雕花窗格。　　⑧理：温习，练习。⑨赵李，阮籍《咏怀》其五："西游咸阳中，赵李相经过。"顾炎武《日知录》以为指汉成帝二女宠赵飞燕、李平之亲属。此处泛指贵戚。　　⑩越女：指西施。参见《西施咏》注。

黄雀痴

黄雀痴，黄雀痴，谓言青彀是我儿①。
一一口衔食，养得成毛衣。
到大喃啾解游飏，各自东西南北飞②。

薄暮空巢上，羁雌独自归③。

凤凰九雏亦如此，慎莫愁思憔悴损容辉④。

----

①青彀（kòu）：初生之黄雀。彀：须母鸟哺食之雏鸟。

②啁啾（zhōu jiū）：鸟叫声。游飏（yáng）：飞翔。　　③羁

雌：孤鸟也。枚乘《七发》："暮则羁雌迷鸟宿焉。"　　④凤

凰九雏，《陇西行》："凤凰鸣啾啾，一母将九雏。"

赠裴迪①

不相见，不相见来久。

日日泉水头，常忆同携手。

携手本同心，复叹忽分襟②。

相忆今如此，相思深不深。

----

①见前《赠斐十迪》诗注①。　　②分襟：分离，离别。

榆林郡歌①

山头松柏林，山下泉声伤客心。

52

千里万里春草色，黄河东流流不息。
黄龙戍上游侠儿，愁逢汉使不相识②。

----

①榆林郡：隋置，即胜州，今内蒙古鄂尔多斯左翼地。
②黄龙：古城名，又称和龙城、龙城，故址在今辽宁朝阳。十六
国北燕建都于此，南朝宋因称之为黄龙国。汉使：作者自谓。

问寇校书双溪

君家少室西①，为复少室东②？别来几日今春风。
新买双溪定何似？余生欲寄白云中。

----

①少室：嵩山西峰。　②为复：还是。

寄崇梵僧①

崇梵僧，崇梵僧，秋归覆釜春不还②。
落花啼鸟纷纷乱，涧户山窗寂寂闲。
峡里谁知有人事，郡中遥望空云山。

雪中忆李揖①

积雪满阡陌，故人不可期。

长安千门复万户，何处蹀躞黄金羁②？

----

①李揖：唐人，曾官延安太守。　　②蹀躞（xiè dié）：小步行走貌。黄金羁：黄金所制马龙头。吴均诗："白马黄金羁，青骊紫丝鞚。"

寒食城东即事

清溪一道穿桃李，演漾绿蒲涵白芷①。

溪上人家凡几家，落花半落东流水。

蹴鞠屡过飞鸟上，秋千竞出垂杨里②。

少年分日作遨游，不用清明兼上巳③。

----

①演漾：水波荡漾。阮籍《咏怀》之七五："泛泛乘轻舟，

演漾靡所望。"涵：沉浸。　　②蹴踘：戏名，以皮为之，中实以毛，蹴踘为戏也。分日：春分之日。　　③阴历三月上旬之巳日为上巳节，俗以此日祓除不祥。

不遇咏

北阙献书寝不报，南山种田时不登①。
百人会中身不预，五侯门前心不能②。
身投河朔饮君酒，家在茂陵平安否③？
且共登山复临水，莫问春风动杨柳。
今人作人多自私，我心不说君应知④。
济人然后拂衣去，肯作徒尔一男儿⑤！

----

①北阙，《汉书·高帝纪》："萧何治未央宫，立东阙、北阙。"此泛指宫阙。献书：向天子进献书疏、文章，以求进用。寝：搁置。不报：不答复。不登：没有收成。　　②百人会，《世说新语·宠礼》："孝武在西堂会，伏滔预坐。还，下车呼其儿语之曰：'百人高会，临坐未得他语，先问伏滔何在？在此否？此故未易得。为人作父如此，何如？'"预：参预。五侯：舅王谭兄弟五人同日封侯，世称五侯。　　③河朔：河北。君：王维所干谒投靠之人。茂陵：汉武帝刘彻陵墓，在今陕西兴平市东北。　　④说：通"悦"。　　⑤济人：救助世人。拂衣：此

指弃官隐居。《后汉书·杨彪传》载孔融曰："孔融鲁国男子，明日便当拂衣而去，不复朝矣！"肯：犹"岂"。徒尔：徒然，枉然。

答张五弟①

终南有茅屋，前对终南山。
终年无客长闭关②，终日无心长自闲。
不妨饮酒复垂钓，君但能来相往还。

----

①张五：即张諲（yīn）。参见《戏赠张五弟諲三首》注。
②闭关：闭门。

酬张少府①

晚年惟好静，万事不关心。
自顾无长策，空知返旧林②。
松风吹解带，山月照弹琴。
君问穷通理，渔歌入浦深③。

喜祖三至留宿①

门前洛阳客，下马拂征衣②。
不枉故人驾，平生多掩扉③。
行人返深巷，积雪带余晖。
早岁同袍者，高车何处归④？

①祖三：祖咏，参见《齐州送祖三》注。　　②洛阳客：祖咏
为洛阳人，故云。拂征衣：掸去旅人衣上尘土。　　③枉
驾：称人走
访之敬辞。掩扉：闭门谢客。　　④同袍：挚友。祖咏幼年即与王维
相交，故称"早岁同袍者"。《诗经·秦风·无衣》："岂曰无衣，
与子同袍。"袍：绵衣。高车：敬称他人之车。此句表示留宿之意。

酬虞部苏员外过蓝田别业不见留之作①

贫居依谷口，乔木带荒村②。

石路枉回驾，山家谁候门③？
渔舟胶冻浦，猎犬绕寒原④。
惟有白云外，疏钟间夜猿⑤。

----

①虞部：工部四司之一，置员外郎一人，从六品上，掌山泽
苑囿等事。员外：即员外郎。苏员外：不详。蓝田别业：王维辋
川别业。不见留：指苏员外访王维不遇，未尝在辋川停留。
②谷口：即辋谷口。乔木：高木。带：绕。　　③枉回驾：谓屈
尊见访，不遇而返。山家：蓝田山居。　　④胶：粘着。浦：水
边。　　⑤夜猿：夜间猿啼声。

酬比部杨员外暮宿琴台
朝跻书阁率尔见赠之作①

旧简拂尘看，鸣琴候月弹②。
桃源迷汉姓，松树有秦官③。
空谷归人少，青山背日寒。
羡君栖隐处，遥望白云端。

----

①比部：官名，掌勾稽之账。杨员外：不详。琴台：在今山
东单县。一名单父台，又名半月台，为纪念春秋时在单父"吟琴

而治"的良吏宓子贱而修筑。跻（jī）：登。书阁：未详所指。率尔：轻率，急遽貌。　②旧简：旧书。　③桃源：即陶渊明《桃花源记》所写桃花源。迷汉姓，《桃花源记》："自云先世避秦时乱，率妻子邑人，来此绝境，不复出焉，遂与外人间隔。问今是何世，乃不知有汉，无论魏晋。"即不知有汉之意。松树有秦官，《艺文类聚》引《汉官仪》："秦始王上封泰山，逢疾风暴雨，赖得松树，因复其下封为五大夫。"

辋川闲居赠裴秀才迪①

寒山转苍翠，秋水日潺湲②。
倚杖柴门外，临风听暮蝉。
渡头余落日，墟里上孤烟③。
复值接舆醉，狂歌五柳前④。

----

①裴迪，见《赠裴十迪》注。　②潺湲（chán yuán）：水流貌。　③墟里：村落。陶渊明《归园田居五首》其一："暧暧远人村，依依墟里烟。"　④接舆：即楚狂接舆，春秋楚隐士，佯狂遁世，躬耕而食。事见《论语·微子》《庄子·人间世》《韩诗外传》等。五柳，陶渊明《五柳先生传》："先生不知何许人也，亦不详其姓字。宅边有五柳树，因以为号焉。"此处借指辋川别业。

寄荆州张丞相①

所思竟何在？怅望深荆门②。

举世无相识，终身思旧恩③。

方将与农圃，艺植老丘园④。

目尽南飞鸟，何由寄一言⑤！

----

①荆州：唐州名，今属湖北。张丞相：张九龄，参见《献始兴公》注①。时九龄遭李林甫馋毁，被贬为荆州大都督府长史。②沈约《临高台》："所思竟何在？洛阳南陌头。"荆门：山名，在湖北宜都西北。或谓唐人多呼荆州为荆门，文人称谓如此，不仅指荆门一山矣。　③旧恩，《新唐书·王维传》："张九龄执政，擢右拾遗。"　④与农圃：参与耕田种菜，指隐居躬耕。艺：种植。老丘园：终老于田园。　⑤飞，一作"无"。鸟，一作"雁"。

冬晚对雪忆胡居士家①

寒更传晓箭，清镜览衰颜②。

隔牖风惊竹，开门雪满山③。

洒空深巷静，积素广庭闲④。

借问袁安舍，翛然尚闭关⑤。

----

①胡居士：未详。居士：在家奉佛之人。　②寒更：寒夜之更鼓声。传晓箭：指报晓。箭：古计时器漏壶中之浮箭，上刻度数，随漏壶中水不断下滴，浮箭上刻度依次显现，即可依时刻报更。　③牖（yǒu）：窗户。　④洒空：指下雪。积素：积雪。　⑤袁安：字邵公。东汉汝阳（今河南商水）人。《后汉书·袁安传》注引《汝南先贤传》："时大雪，积地丈余，洛阳令白出案行，见人家皆除雪出，有乞食者。至袁安门，无有行路，谓安已死，令人除雪入户，见安僵卧，闻何以不出，安曰：'大雪，人皆饿，不宜干人。' 令以为贤，举为孝廉也。"翛（xiāo）然：无拘无束，超脱貌。闭关：闭门。

山居秋暝①

空山新雨后，天气晚来秋。

明月松间照，清泉石上流。

竹喧归浣女，莲动下渔舟②。

随意春芳歇，王孙自可留③。

终南别业①

中岁颇好道，晚家南山陲②。

兴来每独往，胜事空自知③。

行到水穷处，坐看云起时。

偶然值林叟，谈笑无还期④。

①终南：山名。王维曾隐终南，本诗即是时所作。　②中
岁：中年。道：指佛学禅理。晚：晚近、近时。南山：即终南山。
陲：边缘，旁边，边境。　③胜事：美好之事。　④值：遇
见。无还期：无准确归期。

山居即事

寂寞掩柴扉，苍茫对落晖①。
鹤巢松树遍，人访荜门稀②。
嫩竹含新粉，红莲落故衣③。
渡头灯火起，处处采菱归。

----

①庾信《拟咏怀二十七首》其十七："日晚荒城上，苍茫余
落晖。"　　②荜（bì）：亦作"筚"。荆竹织门也。此指简陋
之住处。　　③新粉：新竹表皮上有一层白色粉末，故云。落故
衣：莲花凋谢时花瓣脱落。庾信《入彭城馆》："槐庭垂绿穗，
莲浦落红衣。"

韦给事山居①

幽寻得此地，讵有一人曾②？
大壑随阶转，群山入户登。
庖厨出深竹，印绶隔垂藤③。
即事辞轩冕，谁云病未能④？

归嵩山作①

清川带长薄，车马去闲闲②。
流水如有意，暮禽相与还③。
荒城临古渡，落日满秋山。
迢递嵩高下，归来且闭关④。

①嵩山：又名嵩高山，在今河南。作者曾隐居于此。
②陆机《君子有所思行》："曲池何湛湛，清川带华薄。"带：
围绕。薄：草木丛生之地。闲闲：往来自得貌。　③陶渊明
《饮酒》其五："山气日夕佳，飞鸟相与还。"　④迢递：高
远貌。闭关：闭门。

归辋川作

谷口疏钟动，渔樵稍欲稀①。

悠然远山暮，独向白云归②。

菱蔓弱难定，杨花轻易飞③。

东皋春草色，惆怅掩柴扉④。

①谷口：即辋谷口。疏钟：稀疏之钟声。稍欲：渐已。
②悠然：闲静貌。　③菱蔓：菱初生之细茎。此句谓菱蔓细弱，随波飘荡不定。　④皋：水边之地。此指辋川。

终 南 山

太乙近天都，连山到海隅①。

白云回望合，青霭入看无②。

分野中峰变，阴晴众壑殊③。

欲投人处宿，隔水问樵夫。

①太乙：又作"太一"，唐人多称终南山为太一。《元和郡

县志》卷一："终南山在县（京兆）南五十里。按经传所说，终南山一名太一，亦名中南。" 天都：天帝之都。亦指天空。海隅：海角，海边。此为夸张说法。 ②霭：云气。 ③分野：古人以地上州国同天上星辰位置相配，谓之分野。壑：山沟，山谷。

辋川闲居

一从归白社，不复到青门①。
时倚檐前树，远看原上村。
青菰临水映，白鸟向山翻②。
寂寞於陵子，桔槔方灌园③。

----

①一从：自从。白社：洛阳里名，故址在今河南洛阳东。古诗文中多以白社称隐者所居之地。此借指辋川别业。 ②青门：汉长安城门之一，此借指官场仕途。 ③青菰（gū）：茭白。於（wū）陵：战国齐邑，在今山东邹平东南；於陵子：即陈仲子。《孟子·滕文公下》："仲子，齐之世家也；兄戴，盖禄万锺；以兄之禄为不义之禄而不食也，以兄之室为不义之室而不居也，辟兄离母，处于於陵。"《高士传》卷中载：陈仲子携妻子适楚，居於陵，自称於陵仲子。楚王闻其贤，遣使聘之，仲子与妻子逃去，为人灌园。桔槔（jié gāo）：一种井上汲水工具。

春园即事

宿雨乘轻屐，春寒着弊袍①。
开畦分白水，间柳发红桃②。
草际成棋局，林端举桔槔③。
还持鹿皮几，日暮隐蓬蒿④。

----

①宿雨：昨夜之雨。屐（jī）：木制鞋，底有齿。雨后登木
屐可防路滑。　②畦（qí）：田园分成小区。　③桔槔：见
《辋川闲居》注③。　④鹿皮几：裹以鹿皮之小桌，可用以靠
身。

淇上即事田园①

屏居淇水上，东野旷无山②。
日隐桑柘外，河明间井间③。
牧童望村去，猎犬随人还。
静者亦何事，荆扉乘昼关④。

与卢象集朱家①

主人能爱客，终日有逢迎。
赊得新丰酒，复闻秦女筝②。
柳条疏客舍，槐叶下秋城。
语笑且为乐，吾将达此生③。

①卢象：字纬卿，官终尚书郎，始以章句振起于开元中，与
王维、崔颢比肩。（见刘禹锡《卢象集序》）朱家：未详所指。
②赊（shē）：赊欠。新丰酒，梁元帝诗："试酌新丰酒，聊劝阳
台人。"按新丰在今西安临潼区东北。秦女筝：即筝，旧时秦地
乐器，多为女子所弹奏，故云。亦称秦筝。曹植《箜篌引》：
"秦筝何慷慨，齐瑟和且柔。"　③达此生：使此生达观。

晚春严少尹与诸公见过①

松菊荒三径，图书共五车②。
烹葵邀上客，看竹到贫家③。
鹊乳先春草，莺啼过落花④。
自怜黄发暮，一倍惜年华⑤。

----

①严少尹：即严武。曾拜京兆少尹。见过：过访自己。
②三径：喻隐者之家园。晋赵岐《三辅决录·逃名》："蒋诩归乡里，荆棘塞门，舍中有三径，不出，唯求仲、羊仲从之游。"陶渊明《归去来兮辞》："三径就荒，松菊犹存。"五车：言书之多，以五车载之。《庄子·天下》："惠施多方，其书五车。"
③葵：植物名。古代重要蔬菜之一。《古文苑》卷二宋玉《讽赋》："上客远来……乃炊雕胡之饭，烹露葵之羹以食之。"上客：尊贵客人。看竹，《晋书·王徽之传》："时吴中一士大夫家有好竹，欲观之，便出坐舆造竹下，讽啸良久。主人洒扫请坐，徽之不顾。将出，主人乃闭门，徽之便以此赏之，尽欢而去。"事又载《世说新语·简傲》。 ④鹊：喜鹊。乳：《说文》："人及鸟生子曰乳。"此句意谓春残花落，莺犹啼不已。
⑤黄发：年老之征。《诗·鲁颂·閟宫》："黄发台背。"郑笺："皆寿征也。"盖人老发白，白久而黄，故云。

69

过感化寺昙兴上人山院①

暮持筇竹杖，相待虎溪头②。
催客闻山响，归房逐水流③。
野花丛发好，谷鸟一声幽。
夜坐空林寂，松风直似秋。

----

①感化寺：一作化感寺，在陕西蓝田。昙兴上人：未详。
②筇（qióng）竹杖：即邛杖。筇竹：又叫罗汉竹，西南地区特
有竹种，具有较高观赏价值和工艺。《史记·大宛列传》："臣
（张骞）在大夏时，见邛竹杖、蜀布……大夏国人曰，吾贾人往
市之身毒。"《史记正义》以为邛即邛山，在西汉邛都县（今四
川西昌东南）境；《汉书补注》以为邛乃西汉严道县之邛来山
（在今四川荥经西南）。虎溪：晋慧远法师居庐山东林寺，其处
有流泉绕寺，下入于溪，远每送客过溪，辄有虎号鸣，因名虎
溪。后送客未尝过，独陶渊明、陆修静至，语道契合，不觉过
溪，因相与大笑。见《莲社高贤传》。　③山响：山谷回音。
归房：回山院。

郑果州相过①

丽日照残春，初晴草木新。
床前磨镜客，树下灌园人②。
五马惊穷巷，双童逐老身③。
中厨办粗饭，当恕阮家贫④。

----

①郑果州：果州刺史郑某，事迹不详。果州：唐州名，天宝元年（742）改名南充郡，治所在今四川南充北。　②磨镜客：指负局先生，相传为三国时吴国神医。《列仙传》："负局先生者，不知何许人也，语似燕、代间人。常负磨镜局徇吴市中，炫磨镜一钱。因磨之，辄问主人，得无有疾苦者，辄出紫丸药以与之，得者莫不愈。如此数十年。后大疫病，家至户到，与药，活者万计，不取一钱，吴人乃知其真人也。"　③庾信诗："五马遥相问，双童来夹车。"按，古者太守五马。　④中厨：内厨房。《晋书·阮籍传》："（阮）咸与籍居道南，诸阮居道北，北阮富而南阮贫。"

71

过香积寺①

不知香积寺，数里入云峰。

古木无人径，深山何处钟。

泉声咽危石，月色冷青松②。

薄暮空潭曲，安禅制毒龙③。

----

①香积寺：在今陕西长安县神禾原上。（见《陕西通志》）
②此句意谓泉水在危石间流过，发出呜咽之声。孔稚珪《北山移文》："风云凄其带愤，石泉咽而下怆，望林峦而有失，顾草木而如丧。"　　③安禅：身心安然入于禅定。毒龙：佛家比喻邪念妄想。《涅槃经》："但我住处有一毒龙，其性暴急，恐相危害。"

留别丘为①

归鞍白云外，缭绕出前山。

今日又明日，自知心不闲。

亲劳簪组送，欲趁莺花还②。

一步一回首，迟迟向近关。

----

①邱为：盛唐诗人，嘉兴人。初屡试不第，归山读书数年。天宝二年（743）进士及第。历任主客郎中、司勋郎中，迁太子右庶子。年逾八十以左散骑常侍致仕。年九十六卒。事见《新唐书·艺文志》《唐才子传》等。　②簪组：古代官吏之服饰。借指达官显贵。

送崔九兴宗游蜀①

送君从此去，转觉故人稀。
徒御犹回首，田园方掩扉②。
出门当旅食，中路授寒衣③。
江汉风流地，游人何岁归④？

----

①崔兴宗：王维内弟，行九，曾长期隐居。　②徒御，《诗·小雅·车攻》："徒御不惊。"孔颖达疏："徒行挽辇者与车上御马者。"此指随行之人。田园：此指兴宗隐居之地。③旅食：因作客而寄食他乡。此句意谓途中天将变冷。《诗·豳风·七月》："九月授衣。"　④江汉：江即长江，汉疑指西汉水。嘉陵江古又称西汉水。《元和郡县志》卷三三："西汉水一名嘉陵水，经县理南，去县一里。"风流地：谓美好、特别之

地。游人：指崔兴宗。

送梓州李使君①

万壑树参天，千山响杜鹃②。
山中一夜雨，树杪百重泉③。
汉女输橦布，巴人讼芋田④。
文翁翻教授，不敢倚先贤⑤。

----

①梓州：唐州名，治所在今四川三台。李使君：或谓李璆
（qiú），或谓李叔明，均曾任梓州刺史。未详。　　②杜鹃：又
名子规，传说为古蜀帝杜宇死后所化。　　③杪（miǎo）：树梢。
④汉女：汉水边女子。汉指西汉水，即嘉陵江。橦（tóng）布：
橦花所织布。《文选·蜀都赋》："布有橦华，面有桄榔。"刘
渊林注："橦华者，树名橦，其花柔毳（cuì），可绩为布也。出
永昌。"巴：古国名，故都在今重庆。芋田：蜀中产芋，当时为
主粮之一。此句谓巴蜀人多为芋田打官司。　　⑤文翁：庐江舒
人也……为蜀郡守，仁爱好教化，见蜀地僻陋，有蛮夷风，文翁
欲诱进之……由是大化蜀地，学于京师者，比齐鲁焉。（见《汉
书》本传）

74

送友人南归

万里春应尽，三江雁亦稀①。
连天汉水广，孤客郢城归②。
郧国稻苗秀，楚人菰米肥③。
悬知倚门望，遥识老莱衣④。

----

①三江：在岳州府（今岳阳）城下；岷江（长江）为西江，
澧江为中江，湘江为南江，皆会于此，故名。亦名三江口。
②郢城：春秋时楚国国都，故址在今湖北荆州。　③郧国：古
国名，在今湖北安陆一带，春秋时为楚国所灭。菰菜生于陂泽，
结实如米，可以为饭，谓之菰米，亦曰雕胡米。　④悬知：料
想，预知。老莱衣：意为孝顺子孙，借指友人。春秋时楚之贤人
老莱子，性至孝。行年七十，作婴儿戏，着五彩衣，以娱其亲。

送丘为落第归江东①

怜君不得意，况复柳条春。
为客黄金尽，还家白发新②。

五湖三亩宅，万里一归人③。

知祢不能荐，羞为献纳臣④。

----

①丘为：见《留别丘为》注①。江东：吴越一带，丘为家在越地。　②为客：作客他乡。黄金尽：《战国策·秦策一》："（苏秦）说秦王，书十上而说不行，黑貂之裘弊，黄金百斤尽。"　③五湖：说法不一。此当指太湖流域一带。丘为故乡在此。三亩宅：《淮南子·原道训》："故任一人之能，不足以治三亩之宅也。"后以"三亩宅"指栖身之地。此指丘为之家。④祢（mí）：指祢衡。《后汉书·祢衡传》："祢衡，字正平……少有才辩，而气尚刚傲……唯善鲁国孔融弘农杨修。……融亦深爱其才。衡始弱冠，而融年四十，遂与为交友。上疏荐之。"此以祢衡喻丘为。献纳臣：指谏官，即补阙、拾遗等。献纳：进言以供采纳。《旧唐书·职官志》："补阙、拾遗之职，掌供奉讽谏，扈从乘舆。凡发令举事，有不便于时，不合于道，大则廷议，小则上封。若贤良之遗滞于下，忠孝之不闻于上，则条其事状而荐言之。"谏官也有荐贤之职责。

汉江临眺①

楚塞三湘接，荆门九派通②。
江流天地外，山色有无中。
郡邑浮前浦，波澜动远空③。
襄阳好风日，留醉与山翁④。

----

①汉江：即汉水。临眺：登高远望。临眺，一作"临泛"。
②楚塞：襄阳一带汉水流域，因在楚之北境，故称。三湘：说法
不一。古诗文多泛指今洞庭湖南北、湘江流域一带。荆门：山
名，见《寄荆州张丞相》注①。九派：即《尚书·禹贡》所云九
江。《文选》郭璞《江赋》："源二分于崏崃，流九派乎浔
阳。"李善注："水别流为派。"关于九江，后人有多种不同解
释。《经典释文》引《晋太康地记》："九江，刘歆以为湖汉九
水入彭蠡泽（今鄱阳湖）也。" ③郡邑：指襄阳。浦：水滨。
④山翁：指晋山简，竹林七贤之一山涛之子。曾持节镇襄阳。
《晋书·山简传》载："于时四方寇乱，天下分崩……简优游卒
岁，惟酒是耽。绪习氏荆土豪族，有佳园池，简每出嬉游，多之
池上，置酒辄醉，名之曰高阳池。时有童儿歌曰：'山公出何
许，往至高阳池。日夕倒载归，酩酊无所知。时时能骑马，倒著
白接篱。举鞭问葛疆：何如并州儿？'"

凉州郊外游望①

野老才三户，边村少四邻。
婆娑依里社，箫鼓赛田神②。
洒酒浇刍狗，焚香拜木人③。
女巫纷屡舞，罗袜自生尘④。

----

①凉州：唐时河西节度使治所，在今甘肃武威。　②婆娑：盘旋舞动貌。里社：乡里申祭祀土地神之祠。箫鼓：吹箫击鼓。赛：祈福于神而后以祭祀来报答称"赛"。　③刍（chú）狗：祭祀所用草扎狗。刍：草。《淮南子·齐俗训》高诱注："刍狗，束刍为狗，以谢过求福。"木人：木制神像，即田神。④纷：形容舞者盛多。屡：谓舞蹈次数多。曹植《洛神赋》："凌波微步，罗袜生尘。"

观　猎

风劲角弓鸣，将军猎渭城①。
草枯鹰眼疾，雪尽马蹄轻②。

78

忽过新丰市，还归细柳营③。

回看射雕处，千里暮云平④。

----

①角弓：以角饰弓也。《诗·小雅·角弓》："骍骍角弓。"
渭城：在长安西北、渭水之阳。　　②疾：目光敏锐。　　③新
丰市：古地名，其地盛产美酒。在今西安临潼东北。细柳：在长
安西北。汉河内太守周亚夫为将军，置营于此。　　④射雕，
《北齐书·斛律光传》："尝从世宗于洹桥校猎，见一大鸟，云
表飞飏，光引弓射之，正中其颈。此鸟形如车轮，旋转而下，至
地，乃大雕也。世宗取而观之，深壮异焉。丞相属邢子高见而叹
曰：'此射雕手也。'"后以射雕赞将军英勇。

泛 前 陂①

秋空自明迥，况复远人间②。

畅以沙际鹤，兼之云外山③。

澄波澹将夕，清月皓方闲④。

此夜任孤棹，夷犹殊未还⑤。

----

①陂（bēi）：池塘。　　②迥：高远。　　③畅：舒畅。
以：因。　　④澹：水摇荡。皓：洁白，明亮。闲：闲静。
⑤任孤棹：谓任凭孤舟在水中飘荡。夷犹：犹豫，徘徊。殊：犹。

游李山人所居因题屋壁①

世上皆如梦，狂来或自歌。
问年松树老，有地竹林多②。
药倩韩康卖，门容向子过③。
翻嫌枕席上，无那白云何④！

----

①山人：山居者，指隐士。李山人：未详。　②问年：问山人之年岁。　③倩：借助，仗他人帮忙。韩康：东汉霸陵人，字伯休，卖药长安市，口不二价。后遁入霸陵山中。向子：后汉向子平有道术，为县功曹，休归，自入山担薪，卖以供饮食。　④无那：无奈。

登河北城楼作①

井邑傅岩上，客亭云雾间②。
高城眺落日，极浦映苍山③。
岸火孤舟宿，渔家夕鸟还。
寂寥天地暮，心与广川闲④。

登裴迪秀才小台作①

端居不出户，满目望云山②。
落日鸟边下，秋原人外闲③。
遥知远林际，不见此檐间。
好客多乘月，应门莫上关④。

①裴迪：见《赠裴十迪》注①。　　②端居：平居，犹言平时、平素。　　③人外：世外。《后汉书·陈宠传》："屏居人外，荆棘生门。"闲：静。　　④乘月：趁月光明亮出外闲游。关：门闩。庾肩吾《南苑看人还诗》："洛桥初度烛，青门欲上关。"

千塔主人①

逆旅逢佳节，征帆未可前②。

窗临汴河水，门渡楚人船③。

鸡犬散墟落，桑榆荫远田④。

所居人不见，枕席生云烟⑤。

----

①千塔主人：未详所指。　②逆旅：旅舍。　③汴河：即通济渠东段。在今河南荥阳至开封一带。唐宋人统称通济渠东段全流为汴水、汴河或汴渠。楚人船：汴河为南北水运干道，多楚地南来之船，故云。　④墟落：村落。　⑤所居：指千塔主人居住的地方。

使至塞上①

单车欲问边，属国过居延②。

征蓬出汉塞，归雁入胡天③。

大漠孤烟直，长河落日圆④。

萧关逢候骑，都护在燕然⑤。

①使：出使。　　②单车：一辆车，车辆少，形容此次出使随从不多。问边：慰问边塞官兵。属国：即典属国。汉代称负责外交事务之官员为典属国，此为王维自指。居延：地名，汉代称居延泽，唐代称居延海，在今内蒙古额济纳旗北境。又西汉张掖郡有居延县，故城在今额济纳旗东南。又东汉凉州刺史部有张掖居延属国，辖境在居延泽一带。　　③征蓬：随风飘飞之蓬草，此为诗人自喻。归雁：春天大雁北飞，故称"归雁"，亦为诗人自喻。　　④大漠：当指凉州以北沙漠。孤烟直：赵殿成注有二解：一云古代边防报警时燃狼粪，"其烟直而聚，虽风吹之不散"；二云塞外多旋风，"袅烟沙而直上"。长河：黄河。
⑤萧关：古关名，故址在今宁夏固原东南。候骑：负责侦察、通讯之骑兵。都护：官名。唐朝在西北置安西、安北等都护府，每府派大都护一人，副都护二人，负责辖区一切事务。燕然：古山名，在今蒙古国。此代指前线。《后汉书·窦宪传》：宪率军大破单于，"遂登燕然山……刻石勒功，纪汉威德，令班固作铭。"

秋夜独坐

独坐悲双鬓，空堂欲二更。
雨中山果落，灯下草虫鸣。
白发终难变，黄金不可成①。

欲知除老病，惟有学无生②。

---

①《列仙传》卷下载，稷丘君朱璜入浮阳山八十余年，"白发尽黑"。此句反用此典。江淹《从建平王游纪南城》："丹沙信难学，黄金不可成。"世传丹砂（又作丹沙，即朱砂）可化为黄金。《史记·孝武本纪》："致物而丹砂可化为黄金，黄金成，以为饮食器则益寿，益寿而海中蓬莱仙者可见，见之以封禅则不死。"　②老病：佛教称生、老、病、死为四苦。《释迦谱》卷二："以畏老病生死之苦，故于五欲不敢爱著。"无生：佛家语，谓世本虚幻，万物无生无灭。

待储光羲不至①

重门朝已启，起坐听车声。
要欲闻清佩，方将出户迎②。
晚钟鸣上苑，疏雨过春城③。
了自不相顾，临堂空复情④。

---

①储光羲：唐代田园山水派代表诗人之一。润州延陵（今江苏金坛）人。与王维友好。　②要欲：好像。闻清佩：听到客人佩玉之清脆响声。　③上苑：天子之园囿。　④了自：已然，竟自。顾：探望。此句意谓，回到堂上，自己仍对友人心怀

期待之情。

听宫莺

春树绕宫墙，宫莺啭曙光。
忽惊啼暂断，移处哢还长。
隐叶栖承露，攀花出未央①。
游人未应返，为此思故乡②。

----

①承露：承露盘，汉武帝好神仙，在长安建章宫作承露盘以
承甘露，以为服食之可以延年。《汉书·郊祀志上》："其后又
作柏梁、铜柱、承露、仙人掌之属矣。"颜师古注引《三辅故
事》："建章宫承露盘，高二十丈，大七围，以铜为之，上有仙
人墩承露，和玉屑饮之。"未央：西汉宫殿名。位于今西安西
北。汉高祖七年（前200）在秦章台基础上修建，惠帝即位后，
始成为皇家主要宫殿。　②未应：不曾。

愚公谷三首①

愚谷与谁去？唯将黎子同②。

非须一处住，不那两心空③。

宁问春将夏，谁论西复东。

不知吾与子，若个是愚公④？

----

①愚公谷：在今山东淄博。汉刘向《说苑·政理》："齐桓
公出猎，逐鹿而走入山谷之中，见一老公而问之曰：'是为何
谷？'对曰：'为愚公之谷。'桓公曰：'何故？'对曰：'以
臣名之。'桓公曰：'今视公之仪状，非愚人也，何为以公名？'
对曰：'臣请陈之，臣故畜牸（zì，雌性牲畜）牛，生子而大，卖
之而买驹。少年曰："牛不能生马。"遂持驹去。傍邻闻之，以
臣为愚，故名此谷为愚公之谷。'"后以"愚公谷"泛指隐居之
地。　　②原注：青龙寺与黎昕戏题。将：与。　　③不那：无
奈。两心空：作者与黎昕两人心皆空寂。　　④若个：哪个。

吾家愚谷里，此谷本来平。

虽则行无迹，还能响应声①。

不随云色暗，只待日光明。

缘底名愚谷？都由愚所成。

----

①行无迹：《庄子·外篇·天地》："是故行而无迹，事而
无传。"响应声：指前因后果。管仲《管子·任法》："然故下
之事上也，如响之应声也；臣之事主也，如影之从形也。"响：
回声。

86

借问愚公谷，与君聊一寻。

不寻翻到谷，此谷不离心①。

行处曾无险，看时岂有深？

寄言尘世客，何处欲归临？

- -

①翻：反而。此句意谓只要心愚，所居之地即是愚谷。

沈十四拾遗新竹生读经处同诸公之作①

闲居日清静，修竹自檀栾②。

嫩节留余箨，新丛出旧阑③。

细枝风响乱，疏影月光寒。

乐府裁龙笛，渔家伐钓竿④。

何如道门里，青翠拂仙坛？

- -

①沈十四拾遗：未详。　②檀栾：竹美貌。枚乘《菟园赋》："修竹檀栾夹池水。"　③箨（tuò）：竹笋皮壳。
④乐府：掌管音乐之官署。龙笛：乐器名。唐虞世南《琵琶赋》："凤箫辍吹，龙笛韬吟。"

田　家

旧谷行将尽，良苗未可希①。

老年方爱粥，卒岁且无衣②。

雀乳青苔井，鸡鸣白板扉③。

柴车驾羸牸，草屩牧豪狶④。

多雨红榴折，新秋绿芋肥。

饷田桑下憩，旁舍草中归⑤。

住处名愚谷，何烦问是非！

----

①希：希望。　②卒岁：终岁，度过一年。《诗·豳风·七月》："无衣无褐，何以卒岁？"　③雀乳：晋傅玄《杂诗三首》其三："鹊巢丘城侧，雀乳空井中。"《说文》："人及鸟生子曰乳。"　④柴车：简陋之车子。《韩诗外传》："驾马柴车，可得而乘。"羸（léi）：瘦弱。牸（zì）：母牛。草屩（jué）：草鞋。狶（xī）：野猪，大猪。　⑤饷田：往田间送饭食。旁：通"傍"，依着。

济州过赵叟家宴^①

虽与人境接，闭门成隐居。
道言庄叟事，儒行鲁人余^②。
深巷斜晖静，闲门高柳疏。
荷锄修药圃，散帙曝农书^③。
上客摇芳翰，中厨馈野蔬^④。
夫君第高饮，景晏出林闾^⑤。

----

①济州：今山东济宁。赵叟：未详。　②庄叟：即庄子。
《周书·萧大圜传》："沽酪牧羊，协潘生之志；畜鸡种黍，应
庄叟之言。"　③散帙（zhì）：打开书套。曝（pù）：晒。
④上客：犹贵客。摇芳翰：动笔作诗文。馈：进献，进食于人。
⑤夫君：友人。第：只管。景晏：傍晚。林闾：乡野里门。

青龙寺昙壁上人兄院集^{并序①}

　　吾兄大开莲中，明彻物外^②。以定力胜故，以惠用解
严^③。深居僧坊，傍俯人里^④。高原陆地，下映芙蓉之池；

竹林果园，中秀菩提之树⑤。八极氛霁，万汇尘息⑥。太虚寥廓，南山为之端倪⑦；皇州苍茫，渭水贯于天地⑧。经行之后，趺坐而闲⑨。升堂梵筵，饵客香饭⑩。不起而游览，不风而清凉。得世界于莲花，记文章于贝叶⑪。时江宁大兄持片石命维序之⑫，诗五韵，座上成。

> 高处敞招提，虚空讵有倪⑬？
>
> 坐看南陌骑，下听秦城鸡。
>
> 眇眇孤烟起，芊芊远树齐⑭。
>
> 青山万井外，落日五陵西⑮。
>
> 眼界今无染，心空安可迷⑯？

----

①青龙寺：在今西安。《长安志》卷九："南门之东，青龙寺，本隋灵感寺，开皇二年（582）立。"昙璧上人：未详。
②吾兄：指昙璧上人。大开：解脱。荫：佛家语，指声色等有为法能荫覆真性。彻：通，达。　③定力：由禅定而达到一种力量。惠：通"慧"，指佛教智慧，即般若。解严：本兵家语，意指息兵、解除戒备。此喻通过"慧"达到涅槃之境。　④僧坊：佛寺。傍：近。　⑤秀：秀异，茂盛。菩提：树名，相传佛教创始人释迦牟尼在树下悟道，遂得名菩提树。"菩提"一词是Bodhi音译，意为"觉"，"道"等。　⑥八极：八方偏远之地。氛霁（jì）：云消雾散。万汇：万类。　⑦太虚：天。南山：终南山。端倪：边际，涯际。　⑧皇州：帝都。
⑨趺（fū）坐：即跏（jiā）趺坐，又称结跏趺坐，互交二足，右

脚盘放于左腿上，左脚盘放于右腿上。佛家以其为取道之方。《大智度论》卷七："诸坐法中，结跏趺坐最安稳，不疲极，此是坐禅人坐法，摄此手足，心亦不散。又于一切四种身仪中最安稳，此是禅坐取道法坐，魔王见之，其心忧怖。" ⑩梵筵：做佛事之道场，或寺中设筵。饵：给人吃东西。 ⑪莲花：佛教之象征。贝叶：罗树之叶。古印度人多用贝叶抄写佛教经文，称贝叶经。 ⑫江宁大兄：即王昌龄。字少伯，京兆万年（即长安）人。盛唐著名诗人。 ⑬招提：梵语，本作"拓提"，指寺院。讵：岂。倪：边际。 ⑭芊芊（qiān）：草木茂盛貌。⑮五陵：因西汉王朝在此建五座皇陵而得名。在今咸阳附近。⑯染：污染。佛教谓世俗欲求、妄念为"染"，能扰乱众生之身心，使不得解脱。心空：心入空境。

晓行巴峡①

际晓投巴峡，余春忆帝京②。

晴江一女浣，朝日众鸡鸣。

水国舟中市，山桥树杪行③。

登高万井出，眺迥二流明④。

人作殊方语，莺为旧国声⑤。

赖多山水趣，稍解别离情。

①巴峡：长江自巴县（今重庆）至涪州（今涪陵）一段多山峡，有黄葛峡、明月峡、鸡鸣峡、铜锣峡、石洞峡、黄草峡等，这些山峡因在古巴县或巴郡境内，故统称巴峡。　②际晓：天刚亮。际：适当其时。余春：暮春。　③水国：临水城邑。市：做买卖。山桥：山岩间木构栈道。　④井：市井，城邑中住户。眺迥：望远。二流：其一为长江，另一当指在巴峡一带入江之河流。　⑤殊方：异乡。旧国：故乡。

过沈居士山居哭之①

杨朱来此哭，桑扈返于真②。
独自成千古，依然旧四邻。
闲檐喧鸟鹊，故榻满埃尘。
曙月孤莺啭，空山五柳春③。
野花愁对客，泉水咽迎人。
善卷明时隐，黔娄在日贫④。
逝川嗟尔命，丘井叹吾身⑤。
前后徒言隔，相悲讵几晨⑥？

①沈居士：未详。　②杨朱：字子居，战国初期道家学派思想家。此作者自比杨朱。桑扈：即子桑户。《庄子·大宗

师》："子桑户、孟子反、子琴张相与友……莫然有间，而子桑户死。未葬。孔子闻之，使子贡往侍事焉。或编曲，或鼓琴，相和而歌曰嗟来桑户乎！嗟来桑户乎！而已反其真，而我犹为人猗！"此以桑扈喻沈居士。　③五柳：陶渊明号五柳先生。此处指沈居士住所。　④善卷，《高士传》："善卷者，古之贤人也。尧闻得道，乃北面师之，及尧受终之后，舜又以天下让卷，卷曰：'……吾何以天下为哉？悲夫子之不知余也！'遂不受，去入深山，莫知其处。"黔娄，《列女传》："鲁黔娄先生死，曾子与门人往吊之，哭之曰：'嗟乎！先生之终也，何以为谥？'其妻曰：'以"康"为谥。'曾子曰：'先生在时，食不充口，衣不盖形；死则手足不敛，旁无酒肉，生不得其美，死不得其荣，何乐于此，而谥为"康"乎？'其妻曰：'彼先生者，甘天下之淡味，安天下之卑位；不戚戚于贫贱，不忻忻于富贵；求仁而得仁，求义而得义——其谥为"康"，不亦宜乎？'"⑤逝川：逝去之流水。《论语·子罕》："子在川上曰：逝者如斯夫！不舍昼夜。"丘井：空井，枯井。佛家常以喻老而不堪复用之身。《维摩诘经·方便品》："是身如丘井，为老所逼。"⑥此句意谓，还能为沈居士伤悲几日？指自己亦不久于人世。

酌酒与裴迪

酌酒与君君自宽，人情翻覆似波澜。

白首相知犹按剑，朱门先达笑弹冠①。

草色全经细雨湿，花枝欲动春风寒。

世事浮云何足问，不如高卧且加餐②。

----

①按剑：手按剑柄，表示准备争斗。先达：先显达之人。晋
庾亮《让中书监表》："十余年间，位超先达。"弹冠：弹去帽
上灰尘，准备出仕。《汉书·王吉传》："王阳在位，贡公弹
冠。"颜师古注："弹冠者，言入仕也。" ②何足问：不值
得过问。

辋川别业

不到东山向一年，归来才及种春田①。

雨中草色绿堪染，水上桃花红欲然②。

优娄比丘经论学，伛偻丈人乡里贤③，

披衣倒屣且相见，相欢语笑衡门前④。

----

①东山：东晋谢安隐居之地，后因以泛指隐者所居之地。此
借指辋川别业。 ②然：即"燃"。梁元帝《宫殿名诗》：
"林间花欲然，竹径露初圆。" ③优娄比丘：指佛教僧人。
优娄：优楼频螺伽叶之略称，释迦牟尼弟子。比丘：梵文音译，
指出家后受过具足戒之男僧。经论：佛教典籍分经、律、论三部

分，谓之三藏。经为佛所自说，论是经之解释，律则记佛教戒规。伛偻（yǔ lǚ）：驼背。丈人：老人。《庄子·达生》："仲尼适楚，出于林中。见伛偻者承蜩，犹掇之也。仲尼曰：'子巧乎！有道邪？'曰：'我有道也'。孔子顾谓弟子曰：'用志不分，乃凝于神。其伛偻丈人之谓乎！'"　　④倒屣：倒穿鞋子，喻迎客时急迫心情。《三国志·魏志·王粲传》："（蔡邕）闻粲在门，倒屣迎之。"

早秋山中作

无才不敢累明时，思向东溪守故篱①。
岂厌尚平婚嫁早，却嫌陶令去官迟②。
草间蛩响临秋急，山里蝉声薄暮悲③。
寂寞柴门人不到，空林独与白云期④。

----

①累：牵累，妨碍。明时：政治清明之时。东溪：嵩山东峰太室山有东溪，见《水经注·颍水》。此指隐居地。故篱：犹言故园，故居。　　②尚平：即尚长，又作向长，字子平，诗文中多称作"尚平"或"向平"。《后汉书·逸民列传》："向长，字子平，河内朝歌人也。隐居不仕……建武中，男女嫁娶既毕，敕断家事勿相关，'当如我死也。'于是遂肆意与同好北海禽庆俱游五岳名山，竟不知所终。"陶令：陶渊明。义熙元年（405）

八月，陶渊明为彭泽令，"岁终，会郡遣督邮至县，吏请曰：'应束带见之。'渊明叹曰：'我岂能为五斗米折腰向乡里小儿！'即日解绶去职"。（萧统《陶渊明传》） ③蛩（qióng）：蟋蟀。薄暮：傍晚。 ④期：约会。

积雨辋川庄作

积雨空林烟火迟，蒸藜炊黍饷东菑①。
漠漠水田飞白鹭，阴阴夏木啭黄鹂。
山中习静观朝槿，松下清斋折露葵②。
野老与人争席罢，海鸥何事更相疑③！

----

①烟火迟：谓久雨后烟火之燃徐缓。藜：草本植物，嫩叶可食。饷东菑（zī）：往田里送饭。菑：开垦一年之田地。此泛指田亩。 ②习静：静修，犹静坐、坐禅。朝槿（zhāo jǐn）：即木槿，落叶灌木，仲夏始花，朝开午萎，故称朝槿。清斋：谓素食。露葵：蔬菜名。《文选》曹植《七启》："芳菰精料，霜蓄露葵。" ③争席：争坐位。表示彼此融洽无间，不拘礼节。《庄子·寓言》："其往也，舍者迎将其家，公执席，妻执巾栉，舍者避席，炀者避灶。其反也，舍者与之争席矣。"郭象注："去其夸矜故也。"成玄英疏："除其容饰，遣其矜夸，混迹同尘，和光顺俗，于是舍息之人与争席而坐矣。"海鸥：《列

子・黄帝篇》："海上之人有好沤（同鸥）鸟者，每旦之海上，从沤鸟游，沤鸟之至者，百住而不止。其父曰：'吾闻沤鸟皆从汝游，汝取来吾玩之。'明日之海上，沤鸟舞而不下也。故曰，至言去言，至为无为。齐智之所知，则浅矣。"

过乘如禅师萧居士嵩丘兰若①

无著天亲弟与兄，嵩丘兰若一峰晴②。
食随鸣磬巢乌下，行踏空林落叶声③。
迸水定侵香案湿，雨花应共石床平④。
深洞长松何所有？俨然天竺古先生⑤。

----

①乘如禅师：《宋高僧传》卷一五："释乘如，未详氏族，精研律部，颇善讲宣。"萧居士：未详，或谓乘如之兄弟。居士：在家奉佛修道之人。嵩丘：嵩山。兰若：梵语"阿兰若"之略称，泛指佛寺。　②无著、天亲：皆菩萨名。《大唐西域记》卷五："无著菩萨，健驮逻国人也，佛去世后一千年中，诞灵利见，承风悟道，从弥沙塞部出家修学，顷之回信大乘。其弟世亲菩萨于说一切有部出家受业，博闻强识，达学研几。"世亲即天亲，与其兄无著同为古印度大乘佛教瑜珈行派理论体系之主要建立者。此以无著、天亲喻乘如禅师、萧居士。　③磬（qìng）：佛寺中念经时所用一种打击乐器，钵状，以铜铁铸

成，亦可敲响集合寺众。　　④迸水：泉水涌出。《高僧传》卷六《慧远传》载：慧远至庐山，"始住龙泉精舍，此处去水大远，远乃以杖扣地曰：'若此中可得栖立，当使朽壤抽泉。'言毕，清流涌出，后卒成溪。"香案：佛寺放置香炉之桌子。雨花：《妙法莲华经·序品》："佛说此经已，结跏趺坐，入于无量义处三昧，身心不动，是时天雨曼陀罗华……而散佛上及诸大众。"天竺：古印度别称。古先生：道教称老子西至天竺为佛，号古先生。《西升经》卷一："老子西升，开道竺乾。号古先生。"竺乾即天竺。

春日与裴迪过新昌里访吕逸人不遇①

桃源一向绝风尘，柳市南头访隐沦②。
到门不敢题凡鸟，看竹何须问主人③？
城外青山如屋里，东家流水入西邻。
闭门著书多岁月，种松皆作老龙鳞④。

----

①新昌里：长安里坊名。见《长安志》卷九。逸人：隐逸之士。吕逸人：未详。　　②桃源：以陶渊明所写"桃源"借指吕逸人隐居处。绝风尘：无世俗纷扰。柳市：汉长安集市名。《汉书·游侠传》："万章，字子夏，长安人也……章在城西柳市，号曰城西万子夏。"此或借指唐长安东市。新昌坊在东市东南，

故云"柳市南头"。隐沦：隐者。　　③题凡鸟，《世说新语·简傲》："晋嵇康与吕安善，每一相思，千里命驾。安后来，值康不在，喜（康之兄）出户延之，不入，题门上作鳳字而去。喜不觉，犹以为欣。故作鳳字，凡鸟也。"看竹：见《晚春严少尹与诸公见过》注。　　④作龙鳞：老松表皮斑驳，犹如龙鳞。

送杨少府贬郴州①

明到衡山与洞庭，若为秋月听猿声②。
愁看北渚三湘近，恶说南风五两轻③。
青草瘴时过夏口，白头浪里出湓城④。
长沙不久留才子，贾谊何须吊屈平⑤！

----

①杨少府：未详。郴州：唐州名，今属湖南。　　②若为：怎堪。　　③北渚，《楚辞》："帝子降兮北渚。"按：《水经注》："冯水带约众流，浑成一川，谓之北渚。"渚：水中小块陆地。三湘：说法不一。古诗文多泛指今洞庭湖南北、湘江流域一带。五两：以鸡羽为之，重五两，系于樯尾以候风者。郭璞《江赋》："觇五两之动静。"五两轻：指风大。　　④青草瘴，《广州记》："地多瘴气，夏为青草瘴。"湓（pén）城：县名，本晋时柴桑之湓口城，唐改为浔阳，在今江西九江。　　⑤《汉书·贾谊传》："天子议以谊任公卿之位，绛、灌、东阳

99

侯冯敬之属尽害之……以谊为长沙王太傅。谊既以适去，意不自得。及渡湘水，为赋以吊屈原。"屈平：屈原名也。

听百舌鸟①

上兰门外草萋萋，未央宫中花里栖②。
亦有相随过御苑，不知若个向金堤③。
入春解作千般语，拂曙能先百鸟啼。
万户千门应觉晓，建章何必听鸣鸡④。

---

①百舌鸟：学名乌鸫（dōng）。《淮南子·时则》高注："反舌，百舌鸟也，能辨反其舌，变易其声，以效百鸟之鸣，故谓百舌。"　②上兰：观名，在上林苑中，故址在今西安长安区。③金堤：言水之堤塘坚如金也。司马相如《子虚赋》："媻姗勃窣上金堤。"　④建章：西汉宫名，在未央宫西，长安城外。

出 塞 作①

居延城外猎天骄，白草连天野火烧②。
暮云空碛时驱马，秋日平原好射雕③。

护羌校尉朝乘障，破虏将军夜渡辽④。

玉靶角弓珠勒马，汉家将赐霍嫖姚⑤。

----

①题下原注："时为御史，监察塞上作。"御史即监察御史。唐御史台置掌内外纠察及监诸军并出使等事。　②居延城：见《使至塞上》注。天骄：指匈奴。白草：西域所产牧草。《汉书·西域传》颜师古注："白草，似莠而细，无芒，其干熟时正白色，牛马所嗜也。"　③碛（qì）：沙漠。　④护羌校尉：汉武官名。清孙星衍辑辑应劭《汉官仪》卷上："护羌校尉，武帝置，秩比二千石，持节以护西羌。"乘障：登上城堡御敌。破虏将军：汉武官名。据《三国志·吴书·孙坚传》，孙坚曾为破虏将军。渡辽：汉昭帝时辽东乌桓反，以范明友为度辽将军率兵击之。《汉书·昭帝纪》颜注："应劭曰：'当度辽水往击之。故以度辽为官号。'"　⑤玉靶：有玉饰之马辔。角弓：饰以兽角之良弓。珠勒马：配有珠勒之骏马。霍嫖姚：西汉名将霍去病，曾任嫖姚校尉。事见《汉书·霍去病传》。

辋川集 并序①

余别业在辋川山谷，其游止②有孟城坳、华子冈、文杏馆、斤竹岭、鹿柴、木兰柴、茱萸泮、宫槐陌、临湖亭、南垞、欹湖、柳浪、栾家濑、金屑泉、白石滩、北垞、竹里馆、辛夷坞、漆园、椒园等，与裴迪闲暇各赋绝句云尔。

----

①辋川：王维别业所在地。在陕西蓝田县南辋谷内。《长安志》卷一六："辋谷在（蓝田）县南二十里。"辋谷为一峡谷，长二十余华里，多数地段宽约二百至五百米，成西北、东南走向。谷中有辋水，又称辋谷水。王维辋川别业地处辋谷南端，原为宋之问蓝田别墅。《辋川集》为王维与裴迪歌咏辋川之五绝诗集。　②游止：游憩之地。

孟城坳①

新家孟城口，古木余衰柳。
来者复为谁？空悲昔人有。

----

①孟城坳：即孟城口，辋川景点之一。原为一处古关城，据传乃南朝宋武帝刘裕征关中时所筑思乡城。坳：山间平地。

华子冈①

飞鸟去不穷，连山复秋色。
上下华子冈，惆怅情何极！

----

①华子冈：据王维《辋川图》知华子冈乃辋川山谷中段一座山峰，属自然景观。

文杏馆①

文杏裁为梁，香茅结为宇②。
不知栋里云，去作人间雨③。

----

①文杏馆：辋川山谷南段山间亭子。　②文杏：杏树之一
种，材质名贵。司马相如《长门赋》："刻木兰以为榱（cuī）
兮，饰文杏以为梁。"香茅：又名菁茅，生湖南及江淮间，叶有
三脊，气味芬芳。宇：屋檐。此指屋顶。　③此二句写文杏馆
之高大。郭璞《游仙诗七首》其二："青溪千余仞，中有一道
士。云生梁栋间，风出窗户里。"

斤竹岭①

檀栾映空曲，青翠漾涟漪②。
暗入商山路，樵人不可知③。

----

①斤竹岭：辋川山谷南段邻近文杏馆之山岭。斤竹：或为当
地所产一种竹子。《重修辋川志》卷二："斤竹岭，一名金竹
岭，其竹叶如斧斤，故名。"　②檀栾：秀美貌，诗文中多用
以形容竹。汉枚乘《梁王菟园赋》："修竹檀栾，夹池水，旋菟
园，并驰道。"《文选》左思《吴都赋》："其竹则……檀栾婵

娟。"空曲：空阔偏僻之处。涟漪：水波纹。　　③商山：山
名，在今陕西商洛东南。

鹿　柴①

空山不见人，但闻人语响。
返景入深林，复照青苔上②。

----

①鹿柴（zhài）：辋川景点之一。柴：通"寨"、"砦"，
即栅栏、篱障。　　②返景（yǐng）：落日之回光。《初学记》
卷一："日西落，光反射于东，谓之反景。"

木兰柴①

秋山敛余照，飞鸟逐前侣。
彩翠时分明，夕岚无处所②。

----

①木兰柴：即木兰寨。木兰：落叶乔木，叶子互生，花大，
有红、黄、白、紫多种。据《辋川图》，木兰柴与斤竹岭相邻，
山坡上有木兰树，其周围有栅栏。　　②夕岚：黄昏时山间雾
气。无处所：指雾气消散。宋玉《高唐赋》："风止雨霁，云无
处所。"

茱萸沜①

结实红且绿，复如花更开②。
山中傥留客，置此茱萸杯③。

----

①茱萸沜：当是景点水边植有茱萸，故名。茱萸（zhū yú）：
常绿带香乔木，果实可入药。沜（pàn）：同"畔"，岸边，水
涯。　　②结实红且绿：茱萸分山茱萸、吴茱萸、食茱萸三种，
山茱萸花黄色，果实长椭圆形，枣红色；吴茱萸花绿黄色，果实
小，红色；食茱萸花淡绿黄色，果实球形，成熟时呈红色。
③茱萸杯：酒中浸茱萸果实以待客。古有置茱萸于酒中而食之习
俗。《太平御览》卷三二引《齐人月令》曰："重阳之日……酒
必采茱萸、甘菊以泛之，既醉而还。"

宫槐陌①

仄径荫宫槐，幽阴多绿苔②。
应门但迎扫，畏有山僧来③。

----

①宫槐：槐树之一种，又名守宫槐，其叶昼合夜开。据《周
礼》，周代宫廷多植此树。陌：乡间小路。裴迪同咏曰："门前
宫槐陌，是向欹湖道。"知宫槐陌乃一条路旁植宫槐通向欹湖之
小路。　　②仄：狭窄。荫宫槐：为宫槐所遮蔽。　　③应门：

看门人。迎扫：扫丬径以迎客。

临湖亭①

轻舸迎上客，悠悠湖上来②。

当轩对樽酒，四面芙蓉开③。

----

①临湖亭：敧湖上一座亭子。　②舸（gě）：船。上客：
贵客。　③当轩：临窗。芙蓉：荷花。

南　垞①

轻舟南垞去，北垞淼难即②。

隔浦望人家，遥遥不相识③。

----

①南垞（chá）：辋川一临湖小丘，在敧湖南岸。垞：小丘。
②淼（miǎo）：水势浩大貌。即：靠近。　③浦：岸边，河
滩。

敧　湖①

吹箫凌极浦，日暮送夫君②。

湖上一回首，山青卷白云。

----

①攲（qī）湖：辋水汇积所成一天然湖泊，今已干涸。攲：倾斜。攲湖或因湖底呈倾斜状而得名。 ②凌：渡过，越过。极浦：遥远之水边。夫君：友朋。

柳　浪①

分行接绮树，倒影入清漪②。
不学御沟上，春风伤别离③。

----

①柳浪：柳枝随风摆动起伏之状。辋川别业多柳，当已形成有规模之景点。 ②绮（qǐ）树：犹美树，指柳。此句谓柳树分行排列，一棵接一棵。 ③御沟：流经皇宫御苑之河道，或谓皇城之护城河。此二句意谓不学御沟上柳树，春日为别离而伤情。按，长安御沟多杨柳，为行人往来之地，而古又有折柳赠别之习俗，故云。王之涣《送别》："杨柳东门树，青青夹御河。近来攀折苦，应为别离多。"

栾家濑①

飒飒秋雨中，浅浅石溜泻②。
跳波自相溅，白鹭惊复下③。

--- ----------------------------

①栾家濑（lài）：当是辋水一段急流。濑：湍急之水。

②飒飒（sà）：象声词，风雨声。浅浅（jiān）：水流迅急貌。《楚辞·九歌·湘君》："石濑兮浅浅，飞龙兮翩翩。"石溜：亦作"石留"，即石间流水。　③白鹭：又名鹭鸶，一种水鸟。

金屑泉①

日饮金屑泉，少当千余岁②。
翠凤翊文螭，羽节朝玉帝③。

----

①金屑泉：或是辋川山谷中一天然良泉。　②少（shào）：年少，年轻。　③翠凤：翠羽装饰之凤形车驾，仙人所乘。王嘉《拾遗记》卷三："西王母乘翠凤之辇而来。"文螭（chī）：传说中有花纹之无角龙，常为仙人拉车。羽节：饰有鸟羽之节杖，为仙人所持。玉帝：即玉皇大帝。

白石滩①

清浅白石滩，绿蒲向堪把②。
家住水东西，浣纱明月下。

----

①白石滩：或是辋水一处多白石之浅滩。裴迪亦有诗咏。
②蒲：草名，生于水边，有香气。向：接近，将近。堪：可以。把：手握。

北垞①

北垞湖水北，杂树映朱栏②。

逶迤南川水，明灭青林端③。

----

①北垞：欹湖北岸一临湖小丘。 ②湖：欹湖。裴迪同咏曰："南山北垞下，结宇临欹湖。" ③逶迤：绵延弯曲貌。南川：当指南来的辋水。明灭：时隐时现。端：远处，尽头。

竹里馆①

独坐幽篁裏，弹琴复长啸②。

深林人不知，明月来相照。

----

①竹里馆：辋川别业胜景之一，房屋周围有竹林，故名。②篁（huáng）：竹子，竹林。《楚辞·九歌·山鬼》："余处幽篁兮终不见天。"长啸：撮口发出长而清越之声音。

辛夷坞①

木末芙蓉花，山中发红萼②。

涧户寂无人，纷纷开且落③。

109

①辛夷：一名木笔，落叶乔木，花苞形如笔头，绽开似莲，色红紫，有香气。坞（wù）：四面高中间低之凹地。此处景点当以辛夷树著称，故名辛夷坞。　②木末：树梢。辛夷花开于木末，故云。芙蓉花：即木莲花，此指辛夷花。辛夷花状如芙蓉，故云。裴迪同咏曰："况有辛夷花，色与芙蓉乱。"红萼（è）：红色花苞。萼：花瓣下部一圈绿色小片。　③涧户：涧中居室。卢照邻《羁卧山中》："涧户无人迹，山窗听鸟声。"

漆　园①

古人非傲吏，自阙经世务②。
偶寄一微官，婆娑数株树③。

①漆园：辋川胜景之一。不过此诗未必描绘漆园景物，而在通过相关典故，表明诗人之情志。《史记·老庄申韩列传》："庄子者，蒙人也，名周。周尝为蒙漆园吏……楚威王闻庄周贤，使使厚币迎之，许以为相。庄周笑谓楚使者曰：'……子亟去，无污我。我宁游戏污渎之中自快，无为有国者所羁。终身不仕，以快吾志焉。'"　②古人：指庄子。《文选》郭璞《游仙诗七首》其一："漆园有傲吏，莱氏有逸妻。"此句反郭璞诗意，谓庄子并非傲吏。阙：缺少，缺乏。经世务：经邦济世之能力。　③寄：依。微官：指漆园吏。

椒　园①

桂尊迎帝子，杜若赠佳人②。
椒浆奠瑶席，欲下云中君③。

---

①椒：花椒。椒园或是一处多植有花椒树之园林。
②桂尊：酒器之美称。此或指盛桂酒之尊。《汉书·礼乐志》："尊桂酒，宾八乡。"颜师古注："应劭曰：桂酒，切桂置酒中也。普灼曰：'尊，大尊也。'元帝时大宰丞李元记云：'以水渍桂为大尊酒。'"帝子：舜妃娥皇、女英，传说为尧之二女，故称帝子。舜南巡死后为湘水之神，称湘君；娥皇、女英泪洒斑竹，双双投水而死，成为湘水女神，称湘夫人。《楚辞·九歌·湘夫人》："帝子降兮北渚，目眇眇兮愁予。"杜若：香草名。《楚辞：九歌·湘君》："采芳洲兮杜若，将以遗兮下女。"桂与杜若，当皆为椒园中所生之物。　③椒浆：以椒浸制之酒。《楚辞：九歌·东皇太一》："蕙肴蒸兮兰藉，奠桂酒兮椒浆。"王逸注："椒浆，以椒置浆中也。"浆：薄酒。奠：置物而祭。瑶席：席之光润如玉者。下：使神下降。云中君：云神。《九歌》有《云中君》，王逸注："云神丰隆也，一曰屏翳。"

皇甫岳云溪杂题五首^①

鸟鸣涧

人闲桂花落，夜静春山空。
月出惊山鸟，时鸣春涧中。

----

①皇甫岳：王维朋友，生平未详。云溪：皇甫岳别业之名称
和所在地。

莲花坞

日日采莲去，洲长多暮归^①。
弄篙莫溅水，畏湿红莲衣^②。

----

①洲：水中陆地。 　②红莲衣：红莲花瓣。

鸬鹚堰^①

乍向红莲没，复出清浦飏^②。
独立何褵褷，衔鱼古查上^③。

①鸬鹚（lú cí）：水鸟名，俗称鱼鹰。堰：挡水堤坝。
②飏（yáng）：飞扬。　③褵褷（lí shī）：羽毛初生时濡湿黏合貌。褵：通"离"。查：水中木筏，同"楂（chá）"，亦即"槎（chá）"。

上平田

朝耕上平田，暮耕上平田。
借问问津者，宁知沮溺贤①？

----

①问津：询问，问路。《论语·微子》："长沮、桀溺耦而耕，孔子过之，使子路问津焉。"沮溺：即长沮、桀溺，传说中春秋时隐士。亦泛指隐士，此喻皇甫岳。

萍　池

春池深且广，会待轻舟回。
靡靡绿萍合，垂杨扫复开①。

----

①靡靡：犹言迟迟。

答裴迪辋口遇雨忆终南山之作^①

森森寒流广，苍苍秋雨晦^②。
君问终南山，心知白云外。

----

①辋口：即辋谷口。　　②苍苍：茫无边际。晦：昏暗不
明。

山中寄诸弟妹

山中多法侣，禅诵自为群^①。
城郭遥相望，唯应见白云。

----

①法侣：即僧侣，僧人。禅诵：谓坐禅诵经。《陈书·儒林
传》："吴郡陆庆筑室屏居，以禅诵为事。"

114

闻裴秀才迪吟诗因戏赠

猿吟一何苦，愁朝复悲夕。

莫作巫峡声，肠断秋江客①。

----

①巫峡：为长江三峡之一，在重庆奉节东。昔其地渔者歌
曰："巴东三峡巫峡长，猿鸣三声泪沾裳。"

赠韦穆十八①

与君青眼客，共有白云心②。

不向东山去，日令春草深③。

----

①韦穆：行十八，生平未详。　　②青眼：眼睛正视时，眼
球居中，表示对人喜爱或尊重。与"白眼"相对。《晋书·阮籍
传》："籍又能为青白眼。见礼俗之士，以白眼对之。及嵇喜来
吊，阮籍作白眼，喜不怿而去；喜弟康闻之，乃赍酒挟琴造焉，
阮大悦，乃见青眼。"白云心：指归隐之心。　　③东山：东晋
谢安曾隐居东山，后以"东山"喻隐居之地。李白《忆东山二
首》："不向东山久，蔷薇几度花。白云还自散，明月落谁家？"

山中送别

山中相送罢，日暮掩柴扉。
春草明年绿，王孙归不归①？

----

①王孙：贵族子孙，此指送别之友人。

临高台送黎拾遗①

相送临高台，川原杳何极②？
日暮飞鸟还，行人去不息。

----

①临高台：汉乐府鼓吹铙歌十八曲之一。黎拾遗：黎昕，王维朋友。拾遗：官名。　　②杳（yǎo）：深广貌。

别辋川别业

依迟动车马，惆怅出松萝①。

忍别青山去，其如绿水何！

----

①依迟：依依不舍貌。

崔九弟欲往南山马上口号与别①

城隅一分手，几日还相见②？
山中有桂花，莫待花如霰③。

----

①崔九：即崔兴宗。博陵（今河北安平）人。唐诗人。早年隐居终南山，与王维、卢象、裴迪等游览赋诗，琴酒自娱。曾官右补阙、饶州长史。南山：终南山。口号：随口吟成，意近"口占"。 ②隅（yú）：角落，边。 ③霰（xiàn）：小冰粒，由水蒸气在高空中遇到冷空气凝结而成，常在下雪前出现。此句意谓莫待花落如霰才归山隐居。柳恽《独不见》："芳草生未积，春花落如霰。"

留别崔兴宗①

驻马欲分襟，清寒御沟上②。

前山景气佳，独往还惆怅。

①一说此乃崔兴宗留别王维、裴迪之诗。　②分襟：犹离别，分袂。御沟：流经皇宫御苑之河道，或谓皇城之护城河。

息夫人①

莫以今时宠，能忘旧日恩。
看花满眼泪，不共楚王言。

①诗题下原注："时年二十。"息夫人：春秋时息侯夫人，姓妫，亦称息妫。又因容颜绝代，目如秋水，脸似桃花而称为"桃花夫人"。楚文王灭息，夺息妫为妻，生堵敖及成王。息妫从不主动与楚王说话，楚王问其故，回答说："吾一妇人，而事二夫，纵弗能死，其又奚言？"事见《左传》庄公十四年。唐《本事诗·情感》："宁王宪（玄宗兄）晏贵盛，宠妓数十人，皆绝艺上色。宅左有卖饼者妻，纤白明晰，王一见属目，厚遗其夫取之，宠惜逾等。环岁，因问之：'汝复忆饼师否？'默然不对。王召饼师使见之。其妻注视，双泪垂颊，若不胜情。时王座客十余人，皆当时文士，无不凄异。王命赋诗，王右丞维诗先成，'莫以今时宠……'坐客无敢继者。王乃归饼师，以终其志。"

班婕妤三首①

玉窗萤影度，金殿人声绝②。
秋夜守罗帏，孤灯耿不灭③。

----

①班婕妤（jié yú）：一题《婕妤怨》，乃乐府古题名。《乐府诗集》卷四三："《婕妤怨》者，为汉成帝班婕妤作也。婕妤，徐令彪之姑，况之女。美而能文，初为帝所宠爱，后幸赵飞燕姊弟，冠于后宫。婕妤自知见薄，乃退居东宫，作赋及《纨扇诗》以自伤悼。后人伤之而为《婕妤怨》也。" ②金殿：谓皇宫。 ③帏：帐幕。耿：光明。

宫殿生秋草，君王恩幸疏。
那堪闻凤吹，门外度金舆①！

----

①凤吹：笙箫等细乐之美称。《文选》孔稚珪《北山移文》："闻凤吹于洛浦。" 李善注："王子乔……好吹笙作凤鸣，游伊、洛之间。"金舆：天子车驾。

怪来妆阁闭，朝下不相迎①。
总向春园里，花间语笑声。

①怪来：难怪。妆阁：供梳妆所用亭阁。朝下：下朝之后。此句意谓君王下朝后不复临幸。

题友人云母障子①

君家云母障，持向野庭开。
自有山泉入，非因彩画来。

----

①诗题下原注："时年十五。"云母障子：一种以云母石装饰之屏风。

红 牡 丹

绿艳闲且静，红衣浅复深①。
花心愁欲断，春色岂知心②？

----

①绿艳：指牡丹枝叶。红衣：指牡丹花瓣。　②此二句意谓，即使牡丹愁心欲断，将尽之春色亦不会为其停留。

左掖梨花①

闲洒阶边草，轻随箔外风②。
黄莺弄不足，衔入未央宫③。

----

①左掖（yè）：即门下省。唐大明宫宣政殿前有东西两廊，各有门，东为日华门，西为月华门。日华门外为门下省，月华门外为中书省。门下省地处殿左，称左省、左掖、东省；中书省地处殿右，称右省、右掖、西省。掖：旁边。　②洒：指梨花散落。箔（bó）：帘子。　③弄：玩弄，玩耍。未央宫：汉长安宫殿名，故址在今西安西北。此处借指唐皇宫。

口号又示裴迪

安得舍尘网，拂衣辞世喧①。
悠然策藜杖，归向桃花源②。

----

①尘网：尘世之罗网。拂衣：此指弃官隐居。《后汉书·杨震传》载孔融曰："孔融鲁国男子，明日便当拂衣而去，不复朝矣！"世喧：尘世喧扰。　②策藜杖：扶藜杖。藜：一年生草本植物，茎坚老者可为杖。

杂诗三首

家住孟津河，门对孟津口①。
常有江南船，寄书家中否？

----

①孟津：亦称盟津，黄河上一渡口，在今河南孟津县。

君自故乡来，应知故乡事。
来日绮窗前，寒梅着花未①？

----

①来日：来时。绮窗：窗有雕绘花纹者。着花：开花。

已见寒梅发，复闻啼鸟声。
愁心视春草，畏向阶前生。

崔兴宗写真咏①

画君年少时，如今君已老。
今时新识人，知君旧时好。

---

①写真：画像。

山茱萸①

朱实山下开，清香寒更发。
幸与丛桂花，窗前向秋月。

---

①山茱萸：见《辋川集·茱萸沜》注。

哭孟浩然①

故人不可见，汉水日东流。
借问襄阳老，江山空蔡洲②。

①诗题下原注："时为殿前侍御史，知南选，至襄阳有作。"孟浩然：盛唐诗人，襄州（今属湖北）人，世称"孟襄阳"。多山水田园诗，与王维齐名，合称"王孟"。浩然卒于开元二十八年（740），时王维知南选赴岭南，途经襄阳作此诗。殿中侍御史：官名，掌殿庭供奉之仪，有违失者则纠察之。知：主持，执掌。南选："选"指官吏的铨选。唐制，六品以下官吏之铨选，由吏部和兵部负责，每年一次，在京师举行。其岭南、黔中郡县官吏之铨选，则每四年一次，由朝廷选派京官为选补使，赴当地主持进行，谓之南选。选：铨选。　②襄阳老：襄阳当地耆老，一说指孟浩然。均通。空：只，只有。蔡洲：襄阳城外汉水中一小洲，因东汉末蔡瑁尝居此而得名。借指孟浩然故乡或其生前游赏之处。

游春曲二首①

万树江边杏，新开一夜风。
满园深浅色，照在绿波中。

上苑何穷树，花开次第新。
香车与丝骑，风静亦生尘。

①此二诗一说中唐诗人王涯所作。亦有说张仲素所作。

送春辞①

日日人空老，年年春更归。
相欢在尊酒，不用惜花飞。

①一说王涯所作。亦有说张仲素所作。

塞上曲二首①

天骄远塞行，出鞘宝刀鸣。
定是酬恩日，今朝觉命轻。

塞虏常为敌，边风已报秋。
平生多志气，箭底觅封侯。

①一说王涯所作。

陇上行^①

负羽到边州，鸣笳度陇头^②。

云黄知塞近，草白见边秋。

----

①一说王涯所作。陇：即陇山。又名大陇山、六盘山等，地
处今宁夏、甘肃南部、西部一带。　②负羽：负箭。边州：犹
言边地。鸣笳（jiā）：吹笳。笳：古管乐器名。流行于北方少数
民族间。

闺人赠远五首^①

花明绮陌春，柳拂御沟新。

为报辽阳客，流芳不待人。

远戍功名薄，幽闺年貌伤。

妆成对春树，不语泪千行。

啼莺绿树深，语燕雕梁晚。

不省出门行，沙场知近远。

形影一朝别，烟波千里分。
君看望君处，只是起行云。

洞房今夜月，如练复如霜。
为照离人恨，亭亭到晓光。

----

①一说王涯所作。

山　中

荆溪白石出，天寒红叶稀①。
山路元无雨，空翠湿人衣②。

----

①荆溪：水名，在今陕西蓝田西北。白石出：溪中白石露出水面。　②元：原来，本来。

相　思

红豆生南国，秋来发几枝①。
劝君多采撷，此物最相思②。

----

①红豆：又名相思子，相思木所结子。形如豌豆而稍扁，呈鲜红色。生于南方。古代多以其象征爱情和相思。《文选》左思《吴都赋》刘渊林注："相思，大树也……其实如珊瑚，历年不变。"唐李匡义《资暇集》卷下："豆有圆而红、其首乌者，举世呼为相思子，即红豆之异名也。"　　②撷（xié）：摘取。

田园乐七首

厌见千门万户，经过北里南邻①。
官府鸣珂有底，崆峒散发何人②？

----

①厌见：饱见，多见。一作"出入"。千门万户：指皇宫之门户。《史记·孝武本纪》："于是作建章宫，度为千门万户。"北里南邻：指王公贵族所居之地。左思《咏史八首》其

四："济济京城内，赫赫王侯居……南邻击钟磬，北里吹笙竽。" ②鸣珂（kē）：达官显贵所乘马以玉为饰，行则作响，因名。珂：一种美玉。底：何。崆峒：亦作"空同"，山名，在今甘肃平凉。相传古仙人广成子居于此。葛洪《神仙传》卷一："广成子者，古之仙人也。居崆峒之山石室之中，黄帝闻而造焉。"散发：披散头发，狂放不羁之态。亦指隐居。

　　　再见封侯万户，立谈赐璧一双①。
　　　讵胜耦耕南亩，何如高卧东窗②!

----

　　①"再见"二句，扬雄《解嘲》："或七十说而不遇，或立谈而封侯。"按，立谈而封侯，指虞卿说赵孝成王事。《史记·平原君虞卿列传》："虞卿者，游说之士也……说赵孝成王，一见赐黄金百镒、白璧一双，再见为赵上卿，故号为虞卿。"二句即用其事，谓顷刻间立致富贵。　　②耦耕：二人并耕。泛指农事或务农。《论语·微子》："长沮、桀溺耦而耕，孔子过之，使子路问津焉。"高卧东窗：指隐者闲适生活。

　　　采菱渡头风急，策杖村西日斜。
　　　杏树坛边渔父，桃花源里人家①。

----

　　①杏树坛：即杏坛。传为孔子讲学之地方。在今曲阜孔庙大成殿前。渔父，《庄子·渔父》："孔子游乎缁帷之林，休坐乎

杏坛之上。弟子读书，孔子弦歌鼓琴，奏曲未半，有渔父者下船而来，须眉交白，被发揄袂，行原以上，距陆而止，左手据膝，右手持颐以听。"

　　蒌蒌芳草春绿，落落长松夏寒①。
　　牛羊自归村巷，童稚不识衣冠②。

----

　　①蒌蒌：草盛貌。落落：松高大貌。《文选》孙绰《游天台山赋》："藉蒌蒌之纤草，荫落落之长松。"吕延济注："落落，松高貌。"　　②衣冠：士大夫之穿戴。借指官员、士大夫。

　　山下孤烟远村，天边独树高原。
　　一瓢颜回陋巷，五柳先生对门①。

----

　　①颜回：字子渊，亦称颜渊，春秋鲁人，孔子弟子。家贫而好学，孔子屡称其贤。《论语·雍也》："子曰：贤哉，回也！一箪食，一瓢饮，在陋巷，人不堪其忧，回也不改其乐。贤哉，回也！"

　　桃红复含宿雨，柳绿更带春烟①。
　　花落家童未扫，莺啼山客犹眠②。

----

　　①宿雨：昨夜之雨。　　②山客：隐居山中之人。作者自喻。

酌酒会临泉水，抱琴好倚长松①。

南园露葵朝折，东谷黄粱夜春②。

----

①会：适。　　②黄粱：小米的一种。

游春辞二首①

曲江丝柳变烟条，寒骨冰随暖气销②。

才见春光生绮陌，已闻清乐动云韶③。

----

①一说王涯作。　　②曲江，在长安城南，其水曲折，故
名。　　③云韶：黄帝《云门》乐和虞舜《大韶》乐的合称。

经过柳陌与桃蹊，寻逐春光着处迷①。

鸟度时时冲絮起，花繁衮衮压枝低②。

----

①桃蹊（qī）：桃树众多之地。隋江总《修心赋》："果丛
药苑，桃蹊橘林。"蹊：或念xī，小路。　　②衮衮：众多貌。

秋思二首①

网轩凉吹动轻衣，夜听更生玉漏稀②。
月度天河光转湿，鹊惊秋树叶频飞。

- -

①一说王涯作。　　②轩：屋檐也。以网及珠缀而饰之，故曰网轩。沈约诗："网轩荫朱缀。"

宫连太液见沧波，暑气微消秋意多①。
一夜轻风蘋末起，露珠翻尽满池荷②。

- -

①太液池，在汉建章宫北，长安故城西。　　②宋玉《风赋》："夫风生于地，起于青蘋之末。"

从军辞①

髦头夜落捷书飞，来奏军门着赐衣②。
白马将军频破敌，黄龙戍卒几时归③？

132

①一说王涯作。　②髦（máo）头：即昴（mǎo）星。《史记·天官书》："昴曰髦头，胡星也，为白衣会。"
③白马将军：三国庞德常乘白马，人称白马将军。（见《三国志》本传）

塞下曲二首①

辛勤几出黄花戍，迢递初随细柳营②。
塞晚每愁残月苦，边愁更逐断蓬惊③。

①一说王涯作。　②迢递（tiáo dì）：遥远貌。细柳营：汉屯军处，在今陕西省。《史记·绛侯周勃世家》："文帝之后六年……以河内守亚夫为将军，军细柳。"此指边塞军营。
③断蓬：犹飞蓬，即蓬草，比喻漂泊无定。

年少辞家从冠军，金装宝剑去邀勋①。
不知马骨伤寒水，唯见龙城起暮云②。

①冠军：将军名号也。南北朝并有冠军将军，唐置冠军大将军。又汉霍去病封冠军侯。　②陈琳诗："饮马长城窟，水寒伤马骨。"龙城：匈奴诸长大会祭天之处也。此泛指边境地区。

赠远二首①

当年只自守空帷，梦见关山觉别离。
不见乡书传雁足，唯看新月吐蛾眉②。

----

①一说王涯作，或张仲素作。　②雁足：书信。《汉书·苏武传》："天子射上林中，得雁，足有系帛书，言武等在某泽中。"唐权德舆《寄李衡州》："主人千骑东方远，唯望衡阳雁足书。"

厌攀杨柳临青阁，闲采芙渠傍碧潭①。
走马台边人不见，拂云堆畔战初酣②。

----

①芙渠：即芙蕖，荷花。　②走马台：即章台。汉有章台街，乃妓院集中之处。拂云堆：古地名。在今内蒙古包头西北。堆上有祠，即拂云祠。突厥用兵，必先往祠祭酹求福。

闺人春思①

愁见遥空百丈丝，春风挽断更伤离②。
闲花落尽青苔地，尽日无人谁得知？

----

①一说王涯作，或张仲素作。　②丝：即游丝，飘荡在空中之蛛丝。唐皎然《效古诗》："万丈游丝是妾心，惹蝶萦花乱相续。"

秋夜曲二首①

丁丁漏水夜何长，漫漫轻云露月光②。
秋逼暗虫通夕响，寒衣未寄莫飞霜。

----

①一说王涯作。　②漏水：漏壶所漏之水。漏壶乃古代一种计时仪器。见前注。

桂魄初生秋露微，轻罗已薄未更衣①。
银筝夜久殷勤弄，心怯空房不忍归②。

少年行四首①

新丰美酒斗十千，咸阳游侠多少年②。
相逢意气为君饮，系马高楼垂柳边。

①少年行：乐府杂曲歌辞。　　②新丰：古县名。在今陕西临潼。古代新丰产名酒，谓之新丰酒。斗十千：一斗酒十千文钱，极言酒之名贵。曹植《名都篇》："归来宴平乐，美酒斗十千。"咸阳：秦都。此借指唐都长安。

出身仕汉羽林郎，初随骠骑战渔阳①。
孰知不向边庭苦，纵死犹闻侠骨香。

①羽林郎：汉羽林军官名，掌宿卫侍从。唐时有左右羽林军，为皇家禁军之一。骠骑：即骠骑将军。汉武帝以名将霍去病为骠骑将军。渔阳：古地名。汉置渔阳郡，唐有渔阳县。在今京津一带。此泛指边疆。

一身能擘两雕弧，虏骑千重只似无①。

偏坐金鞍调白羽，纷纷射杀五单于②。

----

①擘（bāi）：用手张弓。雕弧：雕饰彩画之木弓。　②偏：犹正、恰。调白羽：调弄弓矢，指放箭。白羽：箭。尾部饰有白色羽毛，故云。五单于：《汉书·宣帝纪》载：宣帝时匈奴内乱，"诸王并自立，分为五单于，更相攻击"。此借指众敌酋。

汉家君臣欢宴终，高议云台论战功①。

天子临轩赐侯印，将军佩出明光宫②。

----

①云台：在汉洛阳南宫中。东汉明帝曾画邓禹等二十八将于云台之上，以表彰其功绩。　②轩：殿前栏槛。明光宫：汉宫名。

寄河上段十六①

与君相见即相亲，闻道君家在孟津。

为见行舟试借问，客中时有洛阳人。

----

①河上：黄河上。此诗一说卢象作。卢象：见后面《与卢员外象过崔处士兴宗林亭》诗注。

赠裴旻将军①

腰间宝剑七星文，臂上雕弓百战勋②。
见说云中擒黠虏，始知天上有将军③。

----

①裴旻（péi mín）：唐代著名将领，剑客。《新唐书·文艺
传》："文宗时，诏以白（李白）歌诗、裴旻剑舞、张旭草书为
'三绝'。" ②七星文：宝剑。《吴越春秋》卷三载，伍子
胥奔吴，至江，渔父渡之，子胥解剑相赠，曰："此吾前君之
剑，中有七星，价直百金，以此相答。"古诗文多用"七星"或
"七星文"喻宝剑。 ③云中：古郡名。原为战国赵地，汉云
中郡治所在今内蒙古托克托东北。或泛指边关。《史记·冯唐列
传》载：汉文帝时，魏尚为云中太守，曾亲率车骑出击匈奴，所
杀甚众。后因报功文书上所载杀敌数字与实际不合，被削职。冯
唐为其辨白，于是文帝就派冯唐"持节"前往云中赦免魏尚之
罪。黠（xiá）虏：狡猾之敌人。此句形容裴旻神武异常，乃天上
之将军。

九月九日忆山东兄弟①

独在异乡为异客，每逢佳节倍思亲。
遥知兄弟登高处，遍插茱萸少一人②。

----

①诗题下原注："时年十七。"九月九日：农历九月九日重
阳节。山东：指崤山、函谷关以东地区。王维本太原祁县人，后
迁居蒲州，即今山西永济西。蒲州地处山东，故称故乡兄弟为
"山东兄弟"。　　②登高：重阳节民间登高、插茱萸之习俗。
传说能以此避灾。《太平御览》引周处《风土记》曰："九月九
日，律中无射而数九，俗于此日，以茱萸气烈成熟，尚此日，折
茱萸房以插头，言辟恶气而御初寒。"

戏题辋川别业

柳条拂地不须折，松树梢云从更长①。
藤花欲暗藏猱子，柏叶初齐养麝香②。

----

①梢（shāo）：一作"披"。从：任从。　　②猱（náo）：猿

之一种。麝（shè）：通称香獐子，形似鹿而小。雄麝肚脐和生殖器之间有腺囊，能分泌麝香。

戏题盘石

可怜盘石临泉水，复有垂杨拂酒杯①。
若道春风不解意，何因吹送落花来？

----

①可怜：可爱。

与卢员外象过崔处士兴宗林亭①

绿树重阴盖四邻，青苔日厚自无尘。
科头箕踞长松下，白眼看他世上人②。

----

①卢员外象：即卢象，字纬卿，盛唐诗人，常与王维、裴迪等唱和。开元进士。张九龄执政，擢为左补阙，司勋员外郎。员外：即员外郎，尚书省六部诸司副长官。处士：有道德学问而隐居不仕者。崔兴宗：王维内弟，诗人。林亭：园林，隐居之地。
②科头：不戴冠帽，裸露头髻。箕（jī）踞，《汉书·陆贾传》

颜师古注："谓伸其两脚而坐，亦曰箕踞其形似箕。"古人席地而坐，两膝着席，臀部压在脚后跟上。箕踞伸脚而坐，表示很随意，不拘礼节。　③"白眼"句：参见《赠韦穆十八》注②。

送元二使安西①

渭城朝雨浥轻尘，客舍青青柳色新②。
劝君更尽一杯酒，西出阳关无故人③。

- -

①此诗又题《渭城曲》《阳关三叠》《阳关曲》等。元二：人名。姓元，排行老二，生平未详。使：出使。安西：唐安西都护府，治所龟兹，在今新疆库车一带。此诗曾被后人誉为唐人七绝压卷之作。　②渭城：地名。《汉书·地理志》载：秦咸阳县，汉改新城县，又改渭城县。唐属京兆府咸阳县辖地，在今陕西咸阳东北。浥（yì）：一作"裛"。湿润，沾湿。　③阳关：关名，故址在今甘肃敦煌西南，为出塞必经之地。《元和郡县志》谓其在玉门关之南，故称阳关。

齐州送祖三①

送君南浦泪如丝，君向东州使我悲②。

为报故人憔悴尽，如今不似洛阳时③。

----

①齐州：唐州名，治所在今山东济南。祖三：祖咏。
②南浦：泛指送别之地。《楚辞·九歌·河伯》："子交手兮东
行，送美人兮南浦。"江淹《别赋》："送君南浦，伤如之
何！"东州：泛指齐州以东州郡，唐时属边远地区。　③故
人：指祖咏。憔悴尽：憔悴已极，作者自指。洛阳：作者在洛阳
时曾与祖咏会晤过，故云。

送韦评事①

欲逐将军取右贤，沙场走马向居延②。
遥知汉使萧关外，愁见孤城落日边③。

----

①韦评事：未详。评事：唐大理寺官员，掌出使推核诉讼等
事。　②逐：追随。取：俘获。右贤：即右贤王，汉时匈奴贵
族封号。居延：地名。见《使至塞上》注。　③汉使：此指韦
评事。萧关：关名。见《使至塞上》注。

灵云池送从弟①

金杯缓酌清歌转，画舸轻移艳舞回②。

自叹鹡鸰临水别，不同鸿雁向池来③。

----

①灵云池：在凉州。从弟：堂弟。　②舸（gě）：大船。
③鹡鸰（jí líng）：鸟名。《诗·小雅》："鹡鸰在原，兄弟急
难。"鹡鸰共母者，飞吟不相离，诗人所以喻兄弟相友之道也。

送沈子福归江东①

杨柳渡头行客稀，罟师荡桨向临圻②。

唯有相思似春色，江南江北送君归。

----

①沈子福：未详。江东：吴越一带。　②罟（gǔ）：渔
网。罟师：渔夫，此指船夫。圻（qí）：通"碕"，曲岸。

寒食汜上作①

广武城边逢暮春，汶阳归客泪沾巾②。
落花寂寂啼山鸟，杨柳青青渡水人。

---

①寒食：旧以清明前一日或二日为寒食节。汜（sì）上：汜水之上。汜水源出河南巩县（今巩义市），北流注入黄河。唐有汜水县。　②广武城：有东、西二城，故址在今河南荥阳东北广武山上。楚汉相争时，项羽、刘邦曾分别屯兵东西城，隔涧对峙。汶阳：指汶水之北。汶水今名大汶河，在今山东境内。济州在汶水之北，作者自济州西归长安或洛阳，故自称"汶阳归客"。

菩提寺禁裴迪来相看说逆贼等
凝碧池上作音乐供奉人等
举声便一时泪下私成口号诵示裴迪①

万户伤心生野烟，百官何日再朝天②。
秋槐叶落空宫里，凝碧池头奏管弦。

144

---

①诗题断句："菩提寺禁，裴迪来相看，说逆贼等凝碧池上作音乐，供奉人等举声便一时泪下，私成口号诵示裴迪"。菩提寺禁：拘禁在菩提寺。天宝十五年（756）六月，安禄山攻陷长安，玄宗奔蜀，王维扈从不及，为贼所获，拘于菩提寺。菩提寺：寺名，在洛阳。逆贼：指安禄山。凝碧池：在洛阳宫苑中，或云在长安西苑内。《通鉴》至德元年八月："禄山宴其群臣于凝碧池，盛奏众乐；梨园弟子往往歔欷泣下，贼皆露刃睨之。乐工雷海青不胜悲愤，掷乐器于地，西向恸哭。禄山怒，缚于试马殿前，支解之。"供奉：官名，左右供职者。此指乐工。举声：发声。　②生野烟：战乱爆发，狼烟四起。朝天：朝见天子。

送殷四葬[①]

送君返葬石楼山，松柏苍苍宾驭还[②]。
埋骨白云长已矣，空余流水向人间。

---

①殷四：即诗人殷遥。　②石楼山：赵殿成注："《元和郡县志》：京兆府渭南县（今属陕西）西南有石楼山。《唐书·地理志》：汝州梁县（今河南临汝）有石楼山……未知孰是。"或云此指汝州梁县之石楼山。宾驭：同"宾御"，谓宾客与驭手。埋骨白云：指埋骨于高山之上。